别有根芽

灵 魂 深 处 的 光

◎ 王国猛 著

二十一世纪出版社集团
21st Century Publishing Group

宫中下见南山尽
城上平临北斗悬

自　　序

常思著书为文，一如弹琴垂钓，乃个人之趣好，非为争名于朝，图利于市，自娱怡人而已。渊明所言“常著文章自娱，颇示己志，忘怀得失，以此自终”，实平素向往之境界。然观屈原之铺张，相如之扬厉，韩愈之排山，苏轼之倒海，孔明之表志，王勃之伸怀，李白之舒啸，杜甫之陈情，皆千古大观，可反复玩味。至于《道德经》《论语》《史记》，如壁立千仞，需矫首遐观。方悟佳作奇文妙用无穷，足以极视听之娱，慰长夜之思，述平生之志，始信文章乃“经国之大业，不朽之盛事”。

历览前朝经典，其思虑之深、情意之切、气象之宏、文辞之工，若合一契，未尝不临文嗟叹，掩卷遐思，憾不同代同朝，得便就地请益。沉恨细思，为文一道，或有秘钥，仅为妙手偶得，否则，数千年来，为何文章内容不一、体例各异，而移情动性、发人深省者却如出一辙？于是在浩瀚书海里查阅，于茫茫先贤中寻觅，却始终未能发潜掘幽，得窥堂奥。然苦思之下，亦有微获，于是循此途径，勤勉而作，不问收获，但只耕耘。

孟子曰：“我善养吾浩然之气。”曹丕云：“文以气为主，气之清浊有体，不可力强而致。”刘勰有“才有庸俊，气有刚柔”之说，韩愈发“气盛则言之短长与声之高下者皆宜”之论。皆强调文章以气取胜，而气则生于德识才学，是所谓“根之茂者其实遂，膏之沃者其光晔”。气势一说，心甚然之，所以愿尽平生所积，融文学、历史、哲学于一体，遵“文以载道”之旨而为文，力求言之有物，气势宏盛。

气盛之下，当思言宜。《左传》有载：“言之无文，行而不远。”韩愈倡导：“惟陈言之务去。”可见独树一帜的文饰修辞之重要。不唯如此，文质之间须得高低匹配，相得益彰。因知“质胜文则野，文胜质则史”，于是奋发磨砺，含英咀华，字斟句酌后，方措之笔端。冀文简而意深，言近而旨远，“发纤秾于简古，寄至味于淡泊”。又虑及时下阅读方式，约以字数之限，不以鸿篇巨制获胜，而以短小精悍见长。

闲来品读古人诗词，于“咏雪”一题，尤好清纳兰性德句“别有根芽，不是人间富贵花”，故断章取义，名此集曰《别有根芽》，是为序。

目录

别有根芽

康熙十七年（公元1678年）冬，纳兰性德随驾北巡，独立塞外寒夜，瀚海万里风沙，空中雪花飘洒，天地但只宁静，人间唯余圣洁。他情感飞扬，灵魂颤动，留下了著名的词篇《采桑子·塞上咏雪花》。其中“别有根芽，不是人间富贵花”更成千古绝句！别有根芽者，又怎独是雪花？更是耿介拔俗、潇洒出尘的纳兰性德自身。

纳兰性德，清初大学士明珠长子，饱读诗书，文武兼修。况周颐在《蕙风词话》中许其为“国初第一词手”。王国维赞其曰：“以自然之眼观物，以自然之舌言情。此初入中原未染汉人风气，故能真切如此，北宋以来，一人而已。”可见其笔力之雄，作品之佳。不唯如此，他还为人谦和，好结纳雅士，往来“皆一时俊异，于世所称落落难合者”。上得康熙激赏，下得文士拥戴。可惜寿年不永，三十即逝。叹，其真乃别有根芽，人间多少富贵都留不住他！

至察难存

嵇康和山涛曾是好朋友，山涛举荐嵇康为官，结果嵇康大为反感，愤而写下《与山巨源绝交书》，公开与山涛决裂。换了常人，得显要栽培晋升高官，早就拜倒门下感恩戴德了。而嵇康清楚自己不适合官场，更在绝交书中说自己有“必不堪者七，甚不可者二”。一不堪：喜欢睡到自然醒，受不了被人不断催促打扰。二不堪：时出郊野吟诗弹琴，而身在官府，众目睽睽之下，不敢轻举妄动。三不堪：常常扪虱抓痒，没个正形，做不到正襟危坐，仪态端方。四不堪：书信酬答乃礼节人情，写又不善，不写便成异类。五不堪：实在不好吊丧问疾，降心顺俗，由此必为世人指责诟病。六不堪：看不惯虚情假意、装模作样，却不得不与俗人同伍。七不堪：机务缠心，世故烦虑，真的很难不厌其烦。更有“甚不可者”：其一，常有非汤武而薄周孔之言行，容易为时人尊崇的儒教所不容；其二，性情耿直，疾恶如仇，遇事逢人便毫不避讳直指其弊。

这九个问题，实在是官场大忌。这些皆说明嵇康是个具有自知之明的智者，然而其终未善终，何也？“度白雪以方洁”，定难为众所容。

理解曹操

曹操曾说："设使国家无有孤，不知当几人称帝，几人称王。"虽然曹操有些自我标榜，但当时的情形确实如此，无论是袁绍、袁术、孙权、公孙瓒，还是刘表、张鲁、马腾、刘璋，都割据一方，等待天下大乱，好乘机独立。曹操逐一扫平北方，几乎统一天下，由于有刘备、孙权与其鼎足而立，曹操始终没有取汉代之。到了曹丕执政，他便迫不及待地逼着汉献帝禅让皇位。因为此时天下只有三家，天子已没有被要挟的价值，曹丕当然不必再做样子。

从分裂到一统，从战乱到和平，曹操的历史功绩还是很大的。有人骂他"托名汉相，实为汉贼"，其实是种偏见。当天下已破碎不堪，难以复原的时候，最后是姓曹、姓孙，还是姓刘、姓司马，又有什么区别呢？你不取，自有别人取。

才难尽用

这世界有才的人车载斗量,才尽其用的人不及十分之一。江郎才尽,也许是件幸运的事,说明江郎有机会将才学尽情发挥,直至无才可用。怕就怕一肚子才学无处可用,垂垂老去,徒唤奈何。故韩愈说:“世有伯乐,然后有千里马。千里马常有,而伯乐不常有。”其实光有伯乐还不够,伯乐只是有识别千里马之能,必须有人敢于且善于使用千里马。有了驰骋千里的机会,宝马良驹才不至于“祇辱于奴隶人之手,骈死于槽枥之间”。人才也是如此,才高的人多,识才的人少,用才的人更少。

方腊之谋

历史上，农民起义的首领大多有胆略、缺谋略，北宋末年的方腊却是个例外。据《容斋逸史》记载，方腊起义是一次思谋深远的暴动。方腊认为，朝廷岁纳金银绸缎给辽国和西夏，赋税钱粮多出于东南；更有花石纲之役，使民怨沸腾，江南尤甚。在东南一带振臂高呼，必应者云集。起义初期，地方政府一定不愿上报朝廷，只会组织地方军队进行围剿，如此完全可能在短期内攻下附近几个城市。待地方上报军情，朝廷还得议论商讨，筹备军马粮草，最少得半年以后才能真正决战。而此时义军将据有坚城，带甲十万，江南富庶，足可支撑。朝廷则断了财税来源，必然捉襟见肘。北方的辽夏如果得不到纳币，必然兴兵南下，朝廷将腹背受敌，分崩离析。

他的分析有理有据，思路、目标清晰明了，后来的情形也基本印证了他的设想。没想到的是，宋军与辽夏作战屡战屡败，对内镇压起义军却十分在行，半年后，方腊便兵败身亡。方腊拥有卓绝的胆略和见识，比之蔡京、童贯之流不知强多少，用得好，完全可以成为国家的栋梁。

英雄荆轲

荆轲刺秦王之所以悲壮，是因为荆轲明知有去无回却慷慨赴死。以一人敌一国，成也是死，败也是死，铁定没有生还之机，但荆轲还是毅然决然地踏上了不归路。“虽千万人吾往矣”，真的是气壮山河，勇冠天地。易水一别，终成永诀，“风萧萧兮易水寒，壮士一去兮不复还”，荆轲头也不回，决绝的背影丰满了历史的画面，成就了经典的时刻。没有什么比这更让人耸然动容，没有什么比这更让人击节赞叹！至于刺秦的成败已经不重要了，也许当时的燕太子丹很记挂结果，而对于两千年后的我们来说，只知道有个叫荆轲的人，明知要死，却依然按照事先的约定，坚决履行了自己的诺言，然后从容淡定、无怨无悔地献出了生命。这样的人，谓之英雄尤嫌轻。

人文更胜风物

一直以来，都有“读万卷书不如行万里路”之说，似乎读书不如云游。然而颜渊、子思皆居于陋巷，不出闾里，道德文章却表率天下，这其中或有存于山水之外者。云游，固然可以领略壮丽山河之美，得自然地理之趣。然名士豪杰之流风遗韵似乎更让人遐思神往，正如柳宗元之于柳州，李鸿章之于合肥，杜甫的《望岳》之于泰山，李白的《望庐山瀑布》之于庐山，崔颢的《黄鹤楼》之于黄鹤楼，王勃的《滕王阁序》之于滕王阁，游于淮阴便要思及韩信，去到许昌便要想起曹操。人与景与诗与文已融为一体，山水之外，函寄者甚繁，故足不出户，或可知晓天下；足迹遍及，亦未必知其就里。当然，既广游于山水之间，又深虑于山水之外，是完美的人生经历。

人以文名

年代越久远，时光越悠然，便会觉得诗词歌赋越加夺人心神，如果把诗词歌赋的时代和历史背景都忽略，作者的名字亦会绽放出神圣的光芒。李白、杜甫的名字，对于千年之后的我们，依然如雷贯耳。他们的作品光照古今，很多都耳熟能详，乃至令我们产生一种错觉：李白、杜甫就是唐朝的象征，代表着朝廷，管理着国家。其实李白从未理过朝政，也没有治过一方。只是在朝廷待了很短一段时光，专门为唐玄宗写些歌功颂德的诗文。杜甫倒是一直在朝廷，却始终得不到升迁，只做到拾遗这样的虚职。而有些诗人的作品因为太有名，我们往往忽略了他们的身份。比如“无可奈何花落去，似曾相识燕归来”，我们很难想象作者晏殊是北宋的宰相；还有“溪云初起日沉阁，山雨欲来风满楼”，作者许浑竟曾官至监察御史；而写下“气蒸云梦泽，波撼岳阳城”的孟浩然只是个平常百姓。所以随着时光的流逝，浪花最终会把英雄和凡人都淘尽，只留下一篇篇、一部部经典和经典创作者的光辉姓名。

精神富足

孔子曾盛赞颜回："一箪食，一瓢饮，在陋巷，人不堪其忧，回也不改其乐。"颜回穷得家徒四壁，却依然保持快乐心情，连孔子都忍不住赞叹。无独有偶，陶渊明说自己："环堵萧然，不蔽风日；短褐穿结，箪瓢屡空，晏如也。"穷得上顿不接下顿，却依然心安理得。他们虽然都是物质上的穷人，却是精神上的富翁，一个是学问道德楷模，一个是自由诗人表率。

人的饥饿分为两种，一种是身体的，一种是精神的。身体上的饥饿容易体验，也容易解决；精神上的饥饿容易掩饰，却很难解决。身体上饥饿，体肤便要受损；精神上饥饿，内心便会空虚。稍许的食物一充填，身体便能吃饱喝足；无数的书本都吞下，精神上也未必就满足。现代生活物质充盈、丰富多彩，人们却时常觉得精神空虚，是因为人们已经不愿吸纳精神食粮了。而颜回、陶潜之所以常葆乐观心态，是因为精神上早就饱满圆润，物质的贫乏根本不在话下。

时势造英雄

“人事有代谢，往来成古今。”一批风云人物有一批风云人物的时代传奇,历史正是由不同批次的风云人物创造的神奇故事串联起来的。然而时代都会结束，风云人物也会老去。我们多少会有些担心，谁能承接江山社稷、宏基伟业？那些晚来后到、略显稚嫩的承继者是否能够把稳船舵、扛住风浪？事实证明，大可不必杞人忧天，“江山代有才人出，各领风骚数百年”。自古以来，有创业之君，也有守成之君；有戡乱之主，也有中兴之主。时代会呼唤才俊，时势会造就英雄。谁都不是一登上舞台就沉稳老辣、毫无破绽，经历过岁月的洗练、危难的考验，常人也会非常，凡人也会非凡。

汉 唐 气 象

历史上朝代更迭，不可胜数，唯汉与唐最为强盛，其文化影响也最为深远。许多事物以汉或唐命名，源远流长，千百年之后的今天，我们早已习惯使用，却忘究其源。比如以“汉”命名者，“汉字”“汉人”“汉族”“汉语”等，“汉字”就代表中国字，“汉人”就代表中国人……以“唐”命名的也很多，比如“唐人”“唐诗”“唐装”“唐音”等，“唐人”代表中国人，“唐诗”代表中国诗歌……这些都打上了汉唐的烙印，说明汉唐文化已经融入中华民族的血脉之中，成为国人自然汲取的精神营养。一般来说，我们一旦称赞某一事物具有汉唐风采，就意味着代表中国水平；某一人物富有汉唐风骨，就意味着代表中国气质。汉唐，足以强大我们的内心，塑造我们的灵魂。

李清照之愁

李清照的《声声慢·寻寻觅觅》，把一个“愁”字化解成无数意象，让人一见生愁，再见愁上加愁，直至愁得不能自拔。一开始便独自徘徊，左右无主，孤寂清冷，悲惨凄切。铺天盖地凄凉意，无边无际寂寞忧。身上感受到的是本要变暖却仍透彻的寒冷，眼中所见的是本可欣赏却掉落满地的黄花。几盏淡酒不仅消除不了寒冷，更浇灭不了胸中块垒。采花摘叶是浪漫雅事，如何架得住花儿凄凉地凋零萎谢？一抬头，空中雁行掠过，都是熟悉的身影，在欢乐的过去中相识，哪堪在伤心时再遇？从白日熬到天黑，时光太漫长！偏偏细雨开始凌乱飘散，雨水缓缓沿着梧桐叶点点滴滴落下，天色已黄昏，大地喑哑，世界沉寂。这绵绵不绝的愁意，从宋朝传到了今天；从李清照的思绪，传进了我们的心里。

经典一部足夸世

打仗不在多，一战足以成盛名。巨鹿之战，项羽威服天下，从此无人敢撄其锋。长坂坡之战，常山赵子龙斩杀曹军战将五十多员，自此白马英雄名扬四海。

为文不在多，一文足以垂千古。“大风起兮云飞扬。威加海内兮归故乡。安得猛士兮守四方！”汉高祖刘邦一生只写了一首《大风歌》，却气象万千，有王霸之气，一般诗人根本无法企及。唐朝张若虚毕生只有两首诗传世，其中《春江花月夜》被誉为“孤篇盖全唐”，使得他在唐朝文坛的地位不可撼动。故历经典之战，一战敌百战；撰经典之文，一文胜百文。

庄子的宇宙观

从历史学的角度来说，我们期盼的百年生命只是一小段时光。从生物学的角度来说，人类文明史只是生物进化史的一小部分，更毋庸说个人短暂的一生。从地理学的角度来说，相较山川江海，人微如细草浪花。从地质学的角度来说，在几十亿年的岩层面前，生物世界不过是个稚嫩的新生代，上下五千年几乎可以忽略不计。从天文学的角度来说，宇宙苍穹浩瀚无边，不仅人渺如微生物，地球也不过是一粒尘埃。我们有很多学问高深的历史学家、生物学家、地理学家、地质学家、天文学家，遗憾的是，却极少富有旷古胸怀、天地胸怀、宇宙胸怀的人。庄子是最早具有宇宙观的达人，他将人类所有的战争称为“蜗角之争”，其气度、视野、胸怀，足以冠绝古今。

英雄也有柔情

无情未必真豪杰。东晋名将桓温，以雄强豪放著称，西灭成汉，北伐中原，战功赫赫，朝野敬畏。曾放言：“既不能流芳后世，亦不足复遗臭万载邪！”于人心中，桓温就是个“杀人莫敢前，须如猬毛磔”的赳赳武夫，惯于沙场征战，不谙世间人情。其实不然。“桓公北征，经金城，见前为琅邪时种柳，皆已十围，慨然曰：‘木犹如此，人何以堪！’攀枝执条，泫然流泪。”南朝宋刘义庆《世说新语》载，桓温北伐时经过金城，见到过去种下的柳树枝繁叶茂，不禁感叹岁月流逝人易老，情不自禁地流下了感伤的泪水。一个堂堂的北伐大都督，竟然因树而情伤，可见，桓温其实是个内心充满柔情的真英雄。

陆机文采

陆机的《文赋》既是关于文学创作研究的理论文章，同时也是一篇精美的散文。其中谈到文章体裁，他把十种文体的特点非常明晰地总结区分开来，不仅见解独到，而且表达优美：“诗缘情而绮靡，赋体物而浏亮。碑披文以相质，诔缠绵而凄怆。铭博约而温润，箴顿挫而清壮。颂优游以彬蔚，论精微而朗畅。奏平彻以闲雅，说炜晔而谲诳。”

诗抒发情感，辞采华美。赋铺陈事物，文风清亮。碑表述功德，文质并重。诔哀悼逝者，缠绵哀伤。铭记载功劳，温婉简洁。箴讽谏得失，抑扬顿挫。颂歌功记德，采繁竞丽。论评述是非，缜密流畅。奏上陈要事，淡雅透彻。说阐明事理，出人意表。

隋唐以前的诗文，大抵就是这些，传奇野史不为时人所重，词曲的盛行尚在宋元以降。陆机不仅诗文写得好，而且对于诗文创作的思考，上升到了理论层面，见识高妙，文采飞扬。可惜战败被杀，临刑前尚有千古一叹：“华亭鹤唳，岂可复闻乎！”“是日昏雾昼合，大风折木，平地尺雪，议者以为陆氏之冤。”看来天亦惜才子。

名字与人生

北宋苏氏一门,父子三人,皆以文章学问著称,均入选“唐宋八大家”,实为文坛奇迹。且苏轼、苏辙同年高中进士，不仅会试成绩优秀，殿试也轰动京城。苏轼固然才华横溢，名满天下，载誉史册；苏辙也不遑多让，诗词文章冠绝一时。只是苏轼文采无匹、名头太响，苏辙一直被哥哥压着，无法出尽风头。而苏轼才华虽然卓绝，做官却一贬再贬，还因牵入“乌台诗案”险些丢了性命。苏辙在政治上则成熟得多，既不得罪政要，也不恃才傲物，若不是因受苏轼牵连，仕途应会比较顺利。

父亲苏洵给两个儿子取名一“轼”一“辙”，皆与车有关。“轼”为车上站立时的扶手，并无大用，但无此似乎车又显得不完整。苏洵希望儿子如“轼”，温和含蓄，不轻易显露锋芒。可惜苏轼正好相反，处处崭露头角，最后弄得自己毕生蹉跎，背离了苏洵最初的愿望。“辙”是车行过的印记，车马循着“辙”前行，然而车马有功，“辙”不能因之受赏；车毁人亡，“辙”也不会受到牵连。后来苏辙的人生轨迹基本平淡，也无风雨也无晴，倒是如了苏洵之愿。

白手起家

东汉末年，群雄并起，割据一方，都想逐鹿中原。真正脚无立锥之地，靠自己硬打硬拼挣得一份基业的，唯有刘备。曹操传檄天下讨伐董卓之时，参加会盟的十八路诸侯或为太守或为刺史，手下人马要么三五万要么一两万，最少也有五千，留下守城池、看家门的更不在少数。而刘备只有关羽、张飞二人跟随。袁绍、袁术两兄弟本是达官显贵之后，自己又占据一方，自是钱粮兵马充足。曹操是个富家子弟，又曾在朝廷任骁骑校尉，散去家财招兵买马，实力自然很强。其他孙坚、马腾之流，都是地方长官，手下本就有部队、税赋。刘备却一无所有。之后的攻伐兼并基本上都在这些人之间发生，而刘备仅凭一个虚得不能再虚的“中山靖王之后”的出身，还有关、张两个兄弟，一路攻城略地，一路丢盔弃甲，屡败屡战，终于三分天下。曹操家大业大，平定诸侯，最后统一中原，实不足为奇；孙权承父兄家业，历三世经营，盘踞江东，亦在情理之中。而刘备白手起家，最后却能与二人一起分割天下，真乃奇人也。

诗文并茂

木心先生说："《红楼梦》中的诗，如水草。取出水，即不好。放在水中，好看。"其实，《红楼梦》中的诗大多根据情景、人物写就，并不是传统意义的为言志而写诗，故而少了几分气象和豪情，单独欣赏，自然不像李白、杜甫、苏轼、陆游的诗词那般气势如虹，诗意充沛。但曹雪芹的诗放在《红楼梦》的各个风物场景之中，或者描摹人物命运之时，却是十分妥当贴切。故木心以为诗与情节已融为一体，如水草之于水，分开了，便失去了味道。若独立成篇，《红楼梦》中的诗也许并不突出，但若论诗文相辅相成，恐怕遍寻诸集，亦无出《红楼梦》之右者。

诗词皆可言志

诗言志。词为诗余，早期只自娱，独抒性灵，到苏东坡、李清照、辛弃疾为之一变，或气势如虹，或缠绵悱恻，也有了言志的味道。

所谓的志，不仅指建功立业，也有美人香草、闲情逸致。言志可以是李白的“仰天大笑出门去，我辈岂是蓬蒿人”，杜甫的“致君尧舜上，再使风俗淳”，也可以是王维的“路旁时卖故侯瓜，门前学种先生柳”，高启的“雪满山中高士卧，月明林下美人来”；可以是苏东坡的“想当年，金戈铁马，气吞万里如虎”，辛弃疾的“马作的卢飞快，弓如霹雳弦惊。了却君王天下事，赢得生前身后名”，也可以是李清照的“此情无计可消除，才下眉头，却上心头”，姜夔的“人生难得秋前雨，乞我虚堂自在眠”。人各有志，不可以己之志掩人之志，更不可置己之志替高人之志。

独自欣然的木心

木心的强大，在于他在知识的海洋中浮游，从不觉得寂寞。很多人只在浅海中嬉戏，更多人站在岸上观望，像木心那样独自轻松向着深海漂游，于他们是件无法企及的事，羡慕崇敬是唯一能表达的态度。世人所谓的坚持学习，在木心是个伪难题，因为坚持总还有点勉为其难的意思。木心读书，已是融入生命的不可切割的习惯，自然而然而已。如果仅是兴趣爱好，倒也不那么值得激赏。关键是无论阅读还是写作，他都没有丝毫的目的。成名或者图利，都不曾稍动其心；赞赏或者斥责，他充耳不闻，但只自说自话，懂与不懂都是听者、读者的事，一切与他无干。把文学做得安静纯洁，不以世易时移，而又欣然沉于其中者，百年或一遇，木心便是其中之一。

纵浪大化

有时觉得天地很宽，南北东西，古往今来，一游万里，一忆千年，任由驰骋，随意想象，自然与我为一，历史凭我穿越。

有时觉得世界很小，走得再远，还是要回到那座熟悉的城，见到那几个熟悉的人；想得再浪漫，终要回到烟火人间，日复一日地过着现实的生活。

在无限与局限之间，在自由与束缚之间，盈缩在心。而心之收放，取决于意态高远与否。系己于世事人情，则心塞意俗，永不得脱，世界日益狭窄局促。纵己于大化之外，则意态玄远，心畅神游，天地豁然，辽阔无垠。

文艺之功

文化艺术有教化大众之功能，而于从事者自身，则有审美愉悦之功能，故文化艺术长盛不衰，而事文从艺者络绎不绝。然文艺门类繁多，于事之者，除审美愉悦功效外，益弊各有不同。比如歌唱家得欢声，曲艺家得笑语，舞蹈家得形美，书画家得心宁；而文学家忧思，古琴家伤情，诗人劳神。也许文学艺术家可以得寿考，但却极少得富贵。然无论益弊，正所谓“人生自是有情痴，此恨不关风与月”，仍有无数人为文艺前赴后继，如痴如醉者，实为文艺乃精神食粮，富则精神饱满，贫则精神匮乏。

大家稀少

德国哲学家卡尔·雅斯贝斯在《历史的起源与目标》一书中，把公元前800—前200年出现在中国、印度和西方等地的人类文化突破时期称为“轴心时代”。在这个令人惊奇的时代，诞生了一批影响人类文明的伟大思想家：老子、孔子、墨子、苏格拉底、柏拉图、亚里士多德、释迦牟尼。他们的思想盛行数千年而不衰。在中国，儒释道文化依然是学问家重点研究的对象。让人疑惑的是，在那个战乱频仍、物质匮乏的时代，这些先哲们怎么会有如此深刻的思想。现如今，我们书城摆着千万种书籍，大商场各式新物件琳琅满目，现代化的生活有声有色、繁荣富足，可就是产生不了伟大的思想。很多人自诩学富五车、经纶满腹，谈起知识学问滔滔不绝，可就是没有独立的思考，自然也成不了思想家。也许他们著作等身，却永远无法企及一本《论语》。可见，不是书读得越多就越能成为学问家，也有可能成为书呆子。作品不是越多就越能成为大家，也有可能成为生产线上的工人。

红楼一梦

《红楼梦》以一诗结束："说到心酸处，荒唐愈可悲。由来同一梦，休笑世人痴！"此处约略可见曹雪芹之本意，说明高鹗在大的方向上是基本遵循曹雪芹之设计的，只是不忍心宁荣二府就此破败颓废，到底还是还了二府荣宠尊誉，给众人尽量安了好去处。虽有死亡之痛、走失之悲，亦有复职之赐、高中之喜。即使一众女眷，归属也算如意。探春远嫁，富贵吉祥；惜春出家，得偿所愿；宝钗毕生独守空房，却喜留身孕；袭人先欲寻死，不意得了如意郎君，自此也过上了富足生活；平儿终将扶正；巧姐觅得良缘。且二府有兰桂齐芳的灿烂未来，这不可谓不是不幸之后的再次繁华。只是这些似乎并非曹雪芹之原意，一定程度上削弱了世态炎凉、红尘一梦的悲凉。但也许更加符合世人的期待，否则，这红尘俗世便生无可恋了。

文化影响长远

一个国家和民族，如果只是经济强大，别人只会争先恐后地与你做生意、谈贸易。但若一个国家和民族的文化强大了，别人就会心悦诚服地与你交朋友、论学习。汉唐时期为什么四方来朝？因为我们不仅军事力量强大，文化更加具有吸引力。北魏的鲜卑、清朝的女真，虽然都一度击败汉族，入主中原，但最终还是被汉文化所同化，有些民族竟在同化中逐渐消失，可见文化的同化功能多么强大。军事可以迅速地灭国，具有钢铁般的切割力；文化则能慢慢地夷族，具有滴水般的穿透力。

学问之精妙

这世上也许权力是激素，财富是补品，但只有学识是永葆魅力的良方。我们往往舍本逐末，弃长久之功，而营眼前之务。结果加速了颓败，过早地庸碌。当然，学识基于持续的积累、不辍的追求，与寂寞相伴生，与独处结深缘。有时必须闭目塞听，息交绝游，忘却时间，不知所居。精骛、神游、静思、切问，了然于心，快然自足。大成之日，世界为之广，天地为之阔，一切都胸有成竹，一切都不在话下，目之自神采奕奕，踔厉奋发；觉之自风度翩翩，气宇轩昂。

创作与研究

有些人天生就是勇闯新路的创造者，而有些人却具有条分缕析的逻辑思维天赋。于文化一途，前者属于创作型，后者属于研究型。创作，需要“脑洞”大开，思人之不及思，料人之无法料。同时要情感饱满，敏于世事。“遵四时以叹逝，瞻万物而思纷。悲落叶于劲秋，喜柔条于芳春。”钝于变化，缺乏想象，是无法创作出上乘佳作的。研究，则需要超强记忆和无敌耐心，博观约取，纵横古今，一丝不苟，不惧絮烦。创作者未必能研究，研究者亦未必能创作。创作者只需专注于创造出具有价值的文化产品，自有研究者将个中巧妙示于时人，镌之史志。

学贯东西为佳

古人重视诗文，而将小说传奇归入稗官野史之流。所以诗以言志，文以载道，一切的主张情感都在诗文中表达。明清时期，小说才粉墨登场，以《金瓶梅》为发轫。真正滥觞却是五四运动以后，西学东渐，时人对西方文学照搬全抄，新诗和小说最为畅行，文章虽有，但要么是鲁迅匕首投枪般的杂文，要么是梁实秋风趣日常的小品。诗固然是不再言志了，反是以言情或抒愁居多；文亦不再是载道了，怒骂或闲谈居多。小说倒是蔚为壮观，但似乎至今也未超出《红楼梦》水准。现当代一百年，在历史的长河中不过一瞬，就算掘地三尺，也未必能挖出真金白银。很多学者又祭起西学东渐的大旗，把一些似是而非的观点想法来个拿来主义，如获至宝地贩卖出售，互相以此为能。闻者颔首，便引为同类；闻者愕然，便嗤之以鼻。其实祖宗留下的思想，足可资以研究之用，借鉴现代西方观念，融会贯通，汇成一家之言，方是关键。

官文一体

令人讶异的是，古代官员常恨自己文笔不逮，以不能执文坛牛耳为憾；现代官员都怕别人说自己是个文人，似乎文气沾身便损了官气。以前像欧阳修、苏东坡这种才华横溢、文采斐然的官员，一直受到天下士子的尊崇，走到哪里都有人慕名前往请益。现在的有些官员，宁愿被人私责不学无术，也不愿被人公赞文人情怀。文人与官员，从古代的融为一体，不知何时变为现在的彼此轻慢。其实，我们对古人的欣赏和尊敬，一方面固然是因为他们为官一任造福一方，更重要的是他们官文一体，留下了光辉的篇章，点亮了后人的思想，拨动了后人的心弦。

以气驭文

现代人的文章，看不出道义主张，表达的大都是前人咀嚼了无数次的剩情残思，只在文字上翻着花样把玩，但因严重缺气，所以文章便如那脱离了松柏的藤条，软软地趴了一地，读来松散无力。自身都站不稳，如何能助人挺立呢？韩愈论文，讲究养气。“气，水也；言，浮物也。水大而物之浮者大小毕浮。气之与言犹是也，气盛则言之短长与声之高下者皆宜。”韩愈所谓气，实乃道义、志向、理想、情怀者也。气盛则言宜，磅礴壮丽，大有可观。气沮，哪怕文字灿烂如锦，亦只是银样镴枪头罢了，读来如观无心之树，如赏无果之花。韩愈文章为何总给人气势如虹之感？因他一直高擎仁义大纛,大胆为儒家思想张目，始终代表着主流正道。是故，以气驭文，方能行稳致远。

山水悦心，先贤移性

经历人间万事，激昂过，沉郁过，恢宏过，平淡过，写意过，工笔过，会心一笑，皆付流水。世上尚有甚事可喜，何事堪忧？辛弃疾云：“白发空垂三千丈，一笑人间万事。问何物、能令公喜？我见青山多妩媚，料青山、见我应如是。情与貌，略相似。”知者零落，欲说还休，唯有青山绿水，情貌相似，无非默然浑厚，莫逆于心，故李白有“相看两不厌，唯有敬亭山”之说。山水愉悦心性足矣，况可溯于史，游于艺，痛阅先贤之文，高仿先贤之行，不必有恨不见古人，或恨古人不见我之叹。

文化的背后

大英博物馆展示了世界各国的艺术瑰宝，它既是一席文明的辉煌盛宴，也是一种野蛮的无声批判。正如杜牧《阿房宫赋》中所述："燕赵之收藏，韩魏之经营，齐楚之精英，几世几年，剽掠其人，倚叠如山。"十九世纪的英国大力扩张、四处侵略，将自己的欲望建立在殖民地的绝望之上，大英博物馆中的大多数精品，可不正是恃强凌弱、疯狂掠夺的结果吗？人们欣赏着在本国无法欣赏到的展品，一方面倾倒于民族艺术的高妙绝伦，自豪于传统文化的博大精深；另一方面也会心戚于历史的惨烈，愤怒于掠夺的暴虐。虽岁更时移，我们赏鉴艺术的华美，却不能无视背后的血腥；我们向往世界的和平，却不能忘记过去的硝烟。

读书的另一种功能

有时读书不是为了更加优秀，而是为了免于沉沦。人生如逆水行舟，不进则退。一旦不能立定行稳，可能一泻千里。而读书学习便是确保立于不败之地的要诀。多少人年轻时奋力击楫中流，高歌猛进，迅速达成所愿。随后便放弃了学习，从流飘荡，任意东西，逐渐沉没于世事，再也不复当年之勇。有些人虽然并不锐利，却坚持前行，迎风踏浪，当烟笼寒水、月迷津渡之时，他们不是盲目冒进，也不是一退再退，而是就地扎营，潜心学习，在书中寻得安静，在书中获取智慧，努力保持不在平凡中沉沦。也许他们不能在名利上出人头地，但必然在精神上高人一筹。

中西诗歌与小说之较

诗词，其实已经被唐宋文人写完了，唐诗宋词双峰并峙，后人再也无法超越。那些菲薄唐诗宋词者，都是些浅薄之人，没有涵养诗词的气韵，倒是学了文人的轻狂，特别是有些人对于自己祖宗留下的东西百般看不顺眼，非要觉得西方的诗歌高出一筹。其实西方到了十八、十九世纪才出现了一些富有成就的诗人，如普希金、歌德、雪莱、拜伦、艾略特等，而中国早在一两千年前就出现了屈原、李白、杜甫这样伟大的诗人。木心先生认为，西方的诗歌成就不及唐诗宋词，而中国人实在没几个会写小说。诚然，看多了唐诗宋词，并不觉得西方诗歌有什么稀奇，而中国小说远不如西方小说那么引人入胜。中国本是个以诗文见长的国度，小说自古以来就没有进入主流，滞后于西方，亦在情理之中。奇怪的是，有相当部分文人认为，中国诗歌落后于西方远矣，而小说则差可与西方比肩，也属见仁见智罢了。

古代文论的精妙

古代文论中精妙著作比比皆是，曹丕的《典论·论文》、刘勰的《文心雕龙》、陆机的《文赋》、钟嵘的《诗品》、挚虞的《文章流别论》、司空图的《二十四诗品》，不仅批评精到，观点独特，本身也是优美流畅、意蕴深远的文学作品，读来令人心旷神怡，由衷叹服。今之文论，其论或差堪自圆其说，其理或勉强自成系统，只是过于学术化、学院派，晦涩难懂，迂回不畅，让读者疲顿劳累，兴趣索然。不知何时起，文论一道，借鉴西学，非要陌生化、创新性，追求阳春白雪，高居空中，以读不畅、想不通为上乘，让人望而却步。什么时候现代文论也能妙如古代文论，则所评文学精品或可畅行于世。

才华之光

俗世的力量可以轻易毁了一个人的前程，可以轻易断了一个人的财路，甚至可以轻易伤了一个人的性命，却难以掩盖一个人的才华。唐朝的李贺，少时便名满京城，正当他雄心勃勃准备参加进士考试的时候，却因为父亲之名“晋肃”与“进士”同音，犯了忌讳，遭到部分小人的恶毒攻击，只好作罢，乃至终身辗转不得志，做了几任小官，二十七岁便郁郁而终。然而他的才华却光芒万丈，照耀千古。毛泽东就对他的诗作颇为欣赏，并引用过他的诗句“天若有情天亦老”“雄鸡一唱天下白”。俄罗斯伟大的诗人普希金，被誉为“俄罗斯文学之父”“俄罗斯诗歌的太阳”，因为反对沙皇专制，追求自由思想，备受沙皇政府迫害。1837年，他在一场阴谋策划的决斗中遇害身亡，年仅38岁。诗人虽逝，才华却光被后世，作品将永留简册。如今已进入新的时代，那些阻人之路、伤人之命者，早已腐朽籍没，而那些才华横溢、作品妙绝者，却永远铭记于历史人心。

读　书　瘾

培育半生，总算有了一点儿读书之瘾，正如有些人养成了酒瘾，常常处于微醺状态，读书也往往让我沉醉，久了便生起惦记之心，每天不摸摸书本，总觉怅然若失。宋朝王禹偁谪居黄冈时，修建了一座竹楼，公退之余，喜欢独坐其上，手执《周易》一卷，焚香默坐，消遣世虑。远处有风帆沙鸟，近处是烟云竹树，我想他在此等美景下读书，一定是意态闲远、心胸辽阔的。一天不在竹楼捧书安坐，他或许也会书瘾发作，浑身不自在吧。可惜我没有他那么好的条件，临江建楼，远吞山光，平挹江濑。只能在书房置一竹椅，身形无状地闲躺阅读，好在清风仍在，明月依然，值得熏然入定。

第一等便宜事

明袁宏道曾言："世间第一等便宜事，真无过闲适者。"为何他认为世间便宜事闲适排第一，而不是权势或者富贵？袁宏道虽毕生官职不高，然亦进士出身，多年在宦海沉浮，最后以吏部验封司郎中告归，是以他深知官场的艰辛与险恶。像他哥哥袁宗道那样，退隐山林，整日焚香静坐，读书抄文，倦了便卧听泉言花语，悠然进入梦境，心中毫无牵挂，那是何等的快活，还有什么比这更便宜的事呢？有些人富则富矣，却要奔波忙碌；有些人贵则贵矣，却要案牍劳形。既富且贵尚闲，只是梦中的完美，既不能兼得，相较而言，闲适当然是首选。可惜的是，很多人得了第一等便宜，却并不开心，非要追逐那第二等、第三等的便宜，待到身陷囹圄、心力交瘁，方悟袁宏道所言极是。

天才王勃

世间确有天才，王勃便是。他六岁能文，九岁读颜师古注《汉书》，作《指瑕》十卷以纠其错，十岁通六经，十六岁应幽素科试及第，授职朝散郎，为当时最年轻的命官。诗《送杜少府之任蜀州》固然为天下传颂，文《乾元殿颂》更惊动圣听。唐高宗读后叹赏不已，赞以为“我大唐奇才”。最为灿烂不朽的是《滕王阁序》，天然妙绝，独步古今，从此赋文绝矣，后来者不必再作，徒费功夫而已，有了珠穆朗玛横绝于前，天下还有何山可赏？可惜王勃止于怒发之际，政治生命终结也就罢了，不过时人有些惋惜罢了，自然生命定格却令后人痛彻心扉。若上天再借他几十年，恐怕李白、杜甫都要瞠乎其后，仰望其高了。孟子曰：“五百年必有王者兴，其间必有名世者。”天才，犹如王勃者，迄今未现，而时光已过去 1300 多年。

城市的文化符号

一个城市一定要有自己的文化符号，才有明确的辨识度。尤其是当全球化、国际化、现代化的浪潮席卷而来，城市都千篇一律，毫无二致；甚至连农村也正在朝着格式化、标准化的方向迈进，将来都是洋房林立，道路整齐，张家寨、李家屯名存实亡。文化符号将是辨别城市的重要标识，具有特殊的象征意义。文化符号可以是历史名胜，可以是历史名人，可以是历史故事，可以是历史诗文，可以是历史风俗。这些符号，负载了城市的记忆，展现了城市的特征，积蓄了城市的力量，蕴含了城市的精神，凝聚了城市的灵魂。比如我们去北京，可能会想到故宫，想到长城，想到颐和园；到了上海，有些人物像董其昌、钱学森、张爱玲，甚至杜月笙可能会浮现在我们的脑海。苏州的园林、西安的城墙、南昌的《滕王阁序》、杭州的《白蛇传》，这些都是鲜明的文化符号。有些城市对文化符号正在保护和强化，有些城市却在对文化符号进行摧毁，还有些新兴城市有待建立起自己富有特色的文化符号。

消失的故土

故土难离的前提是要有“土”，而且此“土”为“故”而非“新”。如果“故土”只是某座城市高楼中的一套三居室，提着换洗衣服即刻就可离去，没多少人会依依不舍。过去人们依“土”而生，口中粮、身上衣、居住房，样样都要从土地里“长”出来，离开了土地，基本上难以存活。积年累月，门前嬉戏的池塘、后园手植的桃李、抬头即见的远山、洒满汗水的小路，构成完整的回忆，那才是真正意义上的故土——离了，便不单是物理上的位移，更是情感上的撕裂，甚至灵魂上的重置，自然是斩不断，理还乱。如今城市相类似，楼房都一样，激不起一丝情感的涟漪，引不起片刻的思想风暴。幼时爬过的树已无影无踪，上过的学校已变成娱乐厅，捉迷藏的里弄小巷都“长”出了高楼大厦，特别是父母呼唤的声音不再于那烟火缭绕的空中回荡。既无“土”可依，又无“故”可寻，现代人只能在华丽的城市消耗着身体，流浪着精神。

名士胜于名楼

楚之章华、秦之阿房、魏之铜雀、陈之结绮、唐之大明，皆古之华殿名宫，其突兀凌云，巍峨壮丽，赫然时代之魂。今时代变迁，荡为焦土，化成浮埃，再也不复存在。而梁园之游、邺下之游、金谷宴集、兰亭集会、西园雅集，皆古之名士盛会，人虽已遥，址虽已废，而其风流遗迹、诗赋文章，却如陈年佳酿，愈是久远，愈是醇厚。宋王禹偁云："彼齐云、落星，高则高矣；井干、丽谯，华则华矣；止于贮妓女，藏歌舞，非骚人之事，吾所不取。"用于奢侈享乐的高居华屋，终为新朝所不容，化为灰烬是自然的命运。而记录名士风度的盛会雅集，当为后世所景仰，愈发焕发出夺目的光彩。所以长久者，在人不在物，在魂不在形。

诗词各有所妙

王国维关于诗词之别的描述精确而独到："词之为体，要眇宜修，能言诗之所不能言，而不能尽言诗之所能言，诗之境阔，词之言长。"他认为，词有种精雕细琢之美，有时候能表达诗难以触及的细微之处；但诗能准确描绘者，词未必能恰到好处地诠释。一般来说，诗多言志，故开阔雄浑；词多抒情，故细腻绵长。虽然，词有婉约、豪放两派，诗亦有优美、壮美之别。比如李商隐的诗写得缠绵悱恻、情境优美，"梦为远别啼难唤，书被催成墨未浓"；李后主的词写得愁肠百结、意绪婉约，"剪不断，理还乱，是离愁，别是一般滋味在心头"。李白的诗固然气势如虹、辽阔壮美，"登高壮观天地间，大江茫茫去不还"；苏轼的词一样激情四射、豪迈奔放，"大江东去，浪淘尽，千古风流人物"。诗词虽各有擅长，然于高手而言，都能应用裕如，创造绝世精品。

亘古男儿

像陆游那样在诗中尽诉报国之情者，史无前例。他曾自言“六十年间万首诗”，且绝大部分是军旅爱国诗。梁启超盛赞他：“集中什九从军乐，亘古男儿一放翁。”陆游是个才华横溢的诗人，更是个志在统一的将军。所以不论何时何地，他都在奋笔疾书，而且都是事关家国天下。独卧山村，他梦回军营：“夜阑卧听风吹雨，铁马冰河入梦来。”回忆往事，他满怀壮烈：“楼船夜雪瓜洲渡，铁马秋风大散关。”大病初愈，他初心不忘：“位卑未敢忘忧国，事定犹须待阖棺。”月夜舞刀，他胸中怅恨：“丈夫五十功未立，提刀独立顾八荒。”赋闲读书，他渴望施展抱负：“岂其马上破贼手，哦诗长作寒螿鸣？”和谈一起，他满怀悲愤：“朱门沉沉按歌舞，厩马肥死弓断弦。”听闻捷报，他欣喜若狂：“白发将军亦壮哉，西京昨夜捷书来。”行将离世，他反复叮咛：“王师北定中原日，家祭无忘告乃翁。”一生都慷慨激愤，无时不心系家国，从不颓废，永不懈怠，毫无疑问，陆游当得起亘古男儿之誉。

文章不在长

张岱的《湖心亭看雪》尽展明小品文之精妙，短短一百五十九字，情境皆出，神韵超绝，足见其底蕴深厚，视角奇特，剪裁绝伦。文中令人印象深刻者有三。其一，静冷：“大雪三日，湖中人鸟声俱绝。”人鸟绝声，世界静极。湖中“雾凇沆砀，天与云与山与水，上下一白”，目力所及，白皑皑一片，寒意四起，侵人身心。其二，高远：“湖上影子，惟长堤一痕、湖心亭一点、与余舟一芥、舟中人两三粒而已。”一痕、一点、一芥、两三粒，若非高空俯瞰，抑或遥远眺望，岂有如此视觉效果？其三，雅趣：“到亭上，有两人铺毡对坐，一童子烧酒炉正沸。见余大喜曰：‘湖中焉得更有此人！’拉余同饮。余强饮三大白而别。”深夜入湖赏雪，非具雅怀者难为，有一已异，不意还有更痴者。萍水相逢，尽兴醉归，真奇缘雅趣，妙不可言。有此三处，足可隽永不朽。文章不在长，妙绝如此，一字可抵万言。

侠之大者

平时要挤出几天时间来居家休息，可从年头计划到年尾也未能成功。因为那或许意味着经济的损失，意味着人脉的错失，意味着资源的浪费，意味着情谊的淡化，这些都关乎我们的事业、感情、人生，怎么能轻易丢弃呢？肺炎疫情发生后，我们不得不放弃一切娱乐社交，甚至暂停业务友情，因为在生死面前，一切都显得无关紧要。而有些人敢于冒着危险，与死神进行决斗，是肩负着重于生命的责任。孟子曰："生，亦我所欲也；义，亦我所欲也。二者不可得兼，舍生而取义者也。"舍生取义者，侠之大者。为了天下，为了大众，不顾性命，只为仁义永行于世。我万千白衣战士，冲锋在战疫最前线，"苟利国家生死以，岂因祸福避趋之！"他们以生命践行着林则徐的这一誓言，岂不正是那拯救苍生黎庶之"大侠"和"义士"？

江山永在

江山永远是那个江山，从来都移不走、搬不动，只是朝代在更替，人物在变化。对于胜利者而言，总是江山如画；对于失败者而言，多是山河破碎。其实江山哪里少了分毫，不过是人们的情感在起伏。从这点上来说，江山倒是永固。至于个人想千秋万代拥有江山，那就是痴人说梦了。秦始皇那么雄强伟大，做了那么多的防范，甚至将天下的铜铁汇集于长安，熔为铜人，以为如此便可千代万世据有江山，结果陈胜吴广揭竿而起，秦二世便土崩瓦解。清代赵翼有诗云：“江山代有才人出，各领风骚数百年。”诚然。

物换星移

有些人注定听不到新年的钟声，永远地留在了逝去的旧岁；有些人注定感受不到春天的温暖，永远地留在了寒冷的冬天；有些人注定看不到明天的太阳，永远地留在了漫漫长夜。这都是命运的安排，不必感叹，“海日生残夜，江春入旧年”，世界从来如此，旧的总要消失，新的必将到来。人会老去，物会残败，花会凋零。舞台一直都在，演员逐个登场，即使你有能力始终赢得掌声，时光也会催促你谢幕。来时再热闹，去时一定是悄然的；就算极尽哀荣，不过是留下惊鸿照影。多数人今日尘世除名，明日便被无情遗忘，最多加几声不知所谓的叹息，许是对生命脆弱的感慨，为逝者亦为自己。当年兰亭集会，王羲之在欢快畅饮中突然忧从中来，深自感叹：“‘死生亦大矣。’岂不痛哉！”后人只热衷欣赏、临摹他的书法，却忽略了他关于人生的深刻思考。时至今日，世界依然是新旧交替，死生轮换，王羲之对于死生的感慨，可以一叹千年，一叹永远。

岁月不居

初春时节，融和天气，街上人流如潮。绿意在枝头酝酿，暖意在风中升腾。万物复苏，百废待兴。季节冰冻下的活力已跃跃欲试，荒芜覆盖下的生命正破土而出。冉冉物华，勃勃生机，阳光下怒放，霞光中盛开。在灵动的世界，那些脚步或匆匆或悠然的人们，正穿过时间隧道，步入充满想象的未来。有人满载希望，气势磅礴；有人心存疑虑，亦步亦趋；有人若无其事，闲庭信步；有人沉重忧郁，步履蹒跚。人山人海，比肩接踵，各怀心事，各不相问，一起汇成一道洪流，翻滚过白昼黑夜，席卷过春夏秋冬。有人无情地落伍，有人欣然地加盟，而日月不落，时光永续。

五十知天命

五十岁在今日尚属壮年，在古代已是老夫。现代的科技发达，交通便利，且人的寿命日见延长，是以五十岁还可以闯荡世界，成就大业。古代出行艰难，年寿易尽，大事未成，忽忽已老，故五十岁便已迟暮。王羲之赴兰亭之会，陶渊明往斜川之游，恰好都是五十岁。而兰亭之会，正值天朗气清、惠风和畅；斜川之游，亦是天气澄和、风物闲美。于宜人的春季，与知心的好友，到郊外山野探胜雅集，是晋人的风韵。然而王羲之、陶渊明这样的大家，一个有"'死生亦大矣。'岂不痛哉"的彻悟，一个有"悲日月之遂往，悼吾年之不留"的感慨。虽然王羲之其时尚在庙堂，陶渊明其时已归隐园田，但其兴感之由，若合一契，都是出于对生命的珍惜。今日五十岁之壮年，又有几人如古时五十岁之老夫，对人生有如此深入骨髓的思考呢？

放慢脚步，换了人间

脚步放慢了，四季就分明了。春天看到满山遍野的花草，夏天听到燥热喧闹的蝉鸣，秋天触及漫天飞舞的落叶，冬天感受冰霜雪雨的寒意。

脚步放慢了，情意就浓厚了。听懂了父母反复唠叨的话语，明白了朋友淡淡问候的含义，体味了同事深厚的袍泽之情，接受了陌生人传递过来的温暖。

脚步放慢了，天地就小了。眼中不再只有名利，耳中不再只有是非，胸中不再只有你我，心中不再只有成败。

脚步太快，一切良辰美景如同虚设，一切人情胜境如同烟云，来不及品尝滋味，已走到尽头。只要脚步放慢，心态就轻松了，世界就美妙了，人生就姹紫嫣红了。

生活的固有模样

如果有一天，你突然发现下班路上开满了鲜花，与你在著名景点欣赏到的鲜花并无二致。当某个闲暇时刻，你瞬间泛起独自去喝杯咖啡的念头，并选择在大街转角的玻璃窗下，漫无目的地观望着来来往往的人群。当你与朋友相邀一聚，不再谈论谁升谁降、谁赢谁亏，而是温情地回忆、快乐地赏析，或者真挚地感叹。如果夏天的中午，你越过城市的嘈杂轰鸣，听到了城市的空灵蕴藉，心如江南春天的溪流，澄澈透明。寒冬的夜晚，你不再着意凛冽的风、凄冷的雨，而是不紧不慢地读书为文，像往常一样内心温暖。那就说明你不再着急获得，不再祈望高贵，不再寄情名利。自然如常，波澜不惊，这本就是生活的模样。

说　与　做

对于说和做的逻辑关系大概有四种：一是不说也不做。也许是不屑于说和做，也许是没兴趣说和做，没有愿望，没有结果，如此便无从褒贬。二是只说不做。说起来天花乱坠，头头是道，感人至深，催人奋进，就是纹丝不动，手脚不勤。这在现实中是普遍现象，因为多了，便也不以为耻。三是说了就做。不管说了多久，说了多少，反正说过，就一定兑现，言而有信，一诺千金。这种人为数不多，是社会的脊梁。四是做了不说。只愿以行动说话，而不愿以语言表达。做了就算了，不去宣扬，不做说明，踏实低调，注重实效。放眼四海，审视江湖，实在是寥寥无几，弥足珍贵，偶尔发现一个两个，当以宝玉视之。说与做之间，虽说关系简单，却可以此臧否人物，判断良莠，有益交友结谊。

历尽贫富

若说到富裕生活，历数前朝得意文人，恐无人可与曹雪芹相比。祖辈三代近六十年积累的身家财富，让曹雪芹体验了什么是锦衣玉食、肥马轻裘的奢侈生活，真正的“花柳繁华地，富贵温柔乡”。说到穷困潦倒，或有可与曹雪芹比肩者，毕竟文人本穷，达而后穷，或固限于幽寒，襟抱不开者比比皆是，像曹雪芹那样贫病而终者实不在少数。但从大富大贵到一贫如洗，从衣锦戴玉到短褐穿结，云端落至尘泥，而又才华具足，体会最深，饱受人间冷暖，深解世态炎凉，尝尽人生况味，禅悟佛道轮回的，千古以来，大概唯有曹雪芹，故而他能创作经典绝唱《红楼梦》。

独自旅行

人生恰如旅行，坐着时光的列车穿梭。大多数人汇聚成流，喧闹嘈杂，随着滚滚红尘，急速地驰往终点，还没来得及细想，便随着时光列车一起驶入岁月深渊。中途或有顿悟者，独自背起行囊，孤独离去，沿着心中的方向缓缓而行。寂野无人，唯花香鸟语，奇景异境堪慰平生。远望那列载满欢声笑语的时光列车，或油然泛起惆怅，渐渐不知他们所言何事，所笑为何。但念及列车的终点，仍坚信选择的唯一。虽然路径崎岖，却必有光明在前，从此别却犹豫之心，化作春风一缕，穿林渡水而去。

胸中天地有别

人生长短以百年计，历史长短以千年计，地球长短以亿年计，宇宙长短无法计。对于浩瀚无垠的宇宙，时间空间都可以忽略不计；而人生短暂，一分一秒都该计。人身虽微如尘埃，人心却可大可小。若心无边无际，浩如宇宙，时空皆破，以无形较有际，则我伟矣；若心局促狭窄，小如针眼，时空长阔，彼以高大临我，则我渺矣。所谓风物长宜放眼量，眼之所及到底有多远，心之所想到底有多阔，决定了风物的价值有多大。有些人放眼只三五百米，畅想只三五年；有些人放眼便是天地间，畅想便是无极限。虽都是人生百年，倏忽而过，却有云泥之别。

奋斗者自不凡

在这个奋斗的时代，奋斗者居绝大多数，而整日无所事事的人，恰如春天仍不萌芽的枯枝，少之又少。当然，奋斗的目标各有不同，有人为权势而奋斗，有人为财富而奋斗，有人为生活而奋斗，有人为自由而奋斗，有人为活着而奋斗……区别只在于，有些奋斗者实现了目标，有些奋斗者还在路上。然而这并不能代表已至者有资格自大和炫耀。那些为了生存还在与病魔奋力相搏者，难道不比那些在波谲云诡中翻云覆雨者更加勇敢坚毅？那些为了让父母过得体面、有尊严的平凡奋斗者，难道不比那些在硝烟弥漫中机智狩猎者更加让人肃然起敬？只要奋斗，平常或能变得非常，平凡或能变得不凡。

保持出发姿态

对一个天天都在炉膛边挥汗如雨的人而言，“走出门前炎日里，偷闲一刻是乘凉”。而对一个常在榆柳树荫下高卧的人而言，走出门外，在炎热的太阳之下，一刻也熬不住。奢侈惯了，稍微朴素一点儿，便要寝食不安；自由惯了，稍微束缚一点儿，便要浑身难受；清闲惯了，稍微忙碌一点儿，便要叫苦不迭。人还是不能太顺心顺意，否则一有变化，则难适应。正如国家不能承平日久，否则无人知战，战争一起，便无所适从。所以，无论国家还是个人，即使天下无事，也要左右互搏、没事找事，以确保思维敏捷、行动迅速。何况当今世界争端四起，狼烟遍地，岂可掩耳盗铃，酣睡于薪火之上？

依仗自身

借助其他力量获取荣耀，并不是件值得炫耀的事情，这种荣耀会随着背后力量的消失而暗淡。这些力量可以抬高你，也可以成就他，并非一人之所独专。有些人机缘偶得，便死死抱着不放，或者掩耳盗铃地当作私产，以为可以永占，最后无不以失望告终。而凭借一己之能，赢得由衷称许者，才能内心充盈，力量强大，立着有山一般的厚重，行着有松一般的高洁。有风可飞翔，无云心自闲。在热闹处快乐地热闹着，在寂寞处悠然地寂寞着。无所依恃，照样劈波斩浪，所依仗者，自身源源不绝之力也。

时间之功

时间可以稀释真情，可以治愈伤痛，可以化解恩怨，可以了结生死。有些事情我们当时觉得重于生命，辗转无法迈过，比如失恋、落榜、去职，若干年后回望，原来路过的只是一个土丘，或者一条浅溪，实在构不成阻碍，然而我们却在那里徘徊犹豫了许久。是时间廓清了迷雾，重现了远方。有些事情我们“当时只道是寻常”，不过轻烟一缕，顺风飘散，不复存焉，比如父母反复的叮咛、孩子平常的愿望、自己雪夜的奇想，多年以后，我们越思量越难忘，诧异当年竟然掂量不出这些事情的分量，只是轻描淡写地应付或者毫不可惜地忘却。是时间还原了真相，重构了这些所谓小事的重要意义。时间吹散了浮华，沉淀了真实，滤去了世俗，洁净了灵魂。

眼见为实

想象往往经不住现实的检验。《荷塘月色》那么美，临景一观，不过是个普通的小池塘。《小石潭记》那么雅，身在实地，原来是个平常的小水潭。“上有天堂，下有苏杭”，说得那么诱人，去了也觉与其他城市并无二致。所谓“百年历史看上海，千年历史看北京”，说得那么厚重，游了仍是一身轻忽。未晓之时，诸多美好，浪漫神奇，风雅高古；及其熟谙，不过尔尔。景境如此，人亦如是。未见之时，多设想高大美丽，诗书满腹；及其接触，庸才凡夫，常人之资。是以对任何誉满天下、盛名远播者，皆不可先入为主，虚高其能，一切当以亲眼所见为准。

天高海阔

鸟在天上飞，它是幸运的，因为天高任它飞。鱼在水里游，它是幸福的，因为海阔凭它跃。鸟与鱼在各自的天地遨游，畅行无阻，共同诠释着自由的定义。人在地上走，却遇到各种的滞碍，山川沼泽，天灾人祸，风俗世情，每一样都足以止人之步。究其原因，人心有大有小，可以细微，如针尖，似麦芒；可以无垠，如天空，似海洋。细微时，处处皆是坎，时时皆是难。无垠时，所遇皆等闲，所经皆赐予。通达之后，人在地上行，与鸟在天上飞，鱼在水里游无异，都将自由自在。

推己及人

登高望远，视野无际，极易有感于心。古人郁结于内，常借登高抒怀，由是佳作迭出。陈子昂的《登幽州台歌》和杜甫的《登高》便是其中的绝品。二者皆思深词绝，有异曲同工之妙。陈子昂“前不见古人，后不见来者”之叹，道尽了天地间的寂寥，其意萧索高洁，超世出尘，如居云端。杜甫“万里悲秋常作客，百年多病独登台”之吟，诉尽了人世间的苍凉，其思宏阔，其情悲愤，其境高远，让人读后深感人生之多艰。陈、杜二人的高明在于，畅抒一己之怀抱，却触及众人之情愫。

万物皆要易主

苏轼认为，“天地之间，物各有主”，唯清风明月，可以共享，且取之不尽，用之不竭。其实万物虽各有主，但都是暂时之主，无主可以永恒。金玉玩好，即使满屋，转瞬或要易主。名贵字画，序跋众多，明显已数易其手。苏州园林，平遥大院，同样一再转手。连气势磅礴的紫禁城，都已经换了好几茬主人了。朝代都更替了，江山都易主了，宫殿楼阁岂有不换房东之理？不唯物如此，人又何尝不是？自古绝色佳人，也大都如物品般被数易其手。为国赴难的西施，成就美人计的貂蝉，让吴三桂冲冠一怒的陈圆圆，莫能从一而终。好的人和物，每个人都想占有，却又难以一直据有。所以万事万物体验了就好，不要作长久之计。

治身方能治业

家事国事天下事，事事都在其次，首先要管好自己的事。自己的事都理不顺，还奢望参与国事天下事，无异于痴人说梦。古人在讲求齐家治国平天下之前，先要正心修身，把自己培养成人。现在有些人反其道而行之，觉得自己首先是个政要贤达，一定能把社会治理得井井有条，一心图谋所谓的大事。至于自己的道德言行，从不做任何的修习规范，只肆意妄为。以此治一郡，牧一州，又如何能表率一方，造福黎民呢？周恩来年轻时即心存大志：“风声雨声读书声，声声入耳；家事国事天下事，事事关心。”而他自我的道德完善和约束更是鲜有能及者，这正是修齐治平的不二典范。

松是最高境界

太极的最高境界是松，松才能随时发力，动如脱兔。人生的最高境界也是松，松才能宽和蕴藉，剑指远方。大多数人都像绷成满月的弓弦，似乎随时作势发射。而值千钧一发之际，反而弓裂弦断。在尘世游走，就应像风一样轻盈，在花前树梢飘拂，在万壑千山掠过。思不虑及往日与未来，情不系于人情与世故。随物赋形，删繁就简，善于忘却，勇于落寞。不在人事上停留，只在快乐处尽情驻足。不落窠臼，不着行迹。

一 击 而 中

《孙子兵法》中一再强调，用兵要不动如山，动如雷震，静若处子，动若脱兔。凡成就大事业者，亦当如此，长久地蓄势待发，快速地一击而中。不纠缠于无用之功，不敷衍于无用之人。心力集中，才能精准专深，抵达终点。可惜我们在日常生活中，总是被各种假象导引于歧路，深陷其中不能自拔。那些神通广大之人，却能一个筋斗跃上高空，拨云开雾，目视远方。所以行事总是动静得宜，要么如如不动，要么必有斩获。

再　出　发

果断地了结，才能轻松地开始。对过去念念不忘，对往事拖泥带水，一定会拖累再次出发的步伐，限制自由自在的想象。生活是一章一章地展开的，一章结束了，可以总结，可以回味，却不能重新再来，无论是精彩还是黯淡，都把它留在记忆里，不纠缠，不后悔，不留恋。未来因为未知，永远散发着迷人的魅力。保持对未来的憧憬之情、向往之心，是勇于尝试另一种人生的最大动力。生活本来就没有固定模式，只要想然后敢，就可以将潜藏在灵魂深处的光泽呈现出来。

胆气须练

胆气这东西，不是生来就有的，一定要靠后天的培养和锻炼。最能强大胆气的地方，莫过于战场，即使是个胆小如鼠的人，经历过枪林弹雨，经历过白刃肉搏，也可以变得凶狠如狼。千钧一发，不是你死就是我亡，别无选择的时候，胆气一定陡然倍增，力量一定猛然变强。时间长了，生死考验多了，自然一身是胆。而那些温室里咬文嚼字的文弱书生，从未经历过战火洗礼，遇事难免瞻前顾后，犹豫不决。何者？胆气不足也。深藏书斋，纸上谈兵，虫鸟恐有伤及，何谈手刃强敌？所以强国强军，首先须强胆气，免得战事一起，先自股栗。胆气足了，说话便有底气，行动便有勇气。

趣味在于过程

事情有开始就有过程和结果，人们似乎更关注结果。但过早知道结果，未必就是好事。预知了游戏的胜负，谁还有兴趣参与？猜中了剧情的结局，电影的吸引力恐怕顿时减半。测准了到达的最高境界，努不努力便无关紧要。看清了人生的归宿，当然不愿按部就班地生活。其实，趣味在于过程，结果只是刹那的苦乐。糊里糊涂地走着，喜忧参半地活着，结果明晰的时候，怨也无用，悔也来不及，自然而然结束没什么不好。那些早已洞悉结果的人，活得一定漫长而孤清。惊不醒身边的梦中人，只能独坐于风雨长夜。先知了经行的沟壑与坦途，顺在何时，逆在何处，心中必无一丝波澜。生无所欢，死无所惧，一生虽然通达，却必然长寂。

坚持是取得突破的不二法门

朱熹对读书颇有体会，他总结：“读书，始读，未知有疑；其次，则渐渐有疑；中则节节有疑。过了这一番，疑渐渐释，以至融会贯通，都无所疑，方始是学。”读书由少及多，由浅入深，一定是有不同感受的。刚读几本书，觉得什么都了解了，学问不过如此，不免目空一切。读得越多，越知道自己懂得少，疑惑也越来越多，得意自然转为沮丧。然于此艰难时仍坚持阅读，终将豁然开悟，这时才能说真正进入学问一道。

为文也是如此，倾半生积累，写了几篇文章，深觉为文简单易行，与名师大家相去亦不甚远。不久便觉写无可写，言无可言，似乎江郎日益才尽，语词渐次枯竭。但只要咬定青山不放松，始终笔耕不辍，一段时间后，便别是一番景象，“回首向来萧瑟处，轻舟已过万重山”。读书、为文、做事，大抵类似。坚持是取得突破的不二法门。

在不平静的世界平静地活着

在薄情的世界深情地活着并不难，而在不平静的世界平静地活着可真不容易。别人再凉薄，也不妨碍你独自一往情深。况且即使别人热情似火，似乎也并不能给你带来一毛两毛好处，不过是让你感觉略为温暖罢了。但就算整个世界都对你冷淡，你照样可以饿后狂吃狂喝，醉后呼呼大睡，别人的薄情并不能损你一根毫毛。世界不平静就不一样了,整天活在核武器的威胁之下,战火燃烧的边缘,暴乱恐怖范围所及，一不小心危险就可能到来，不知不觉掉入动荡的旋涡。明天的太阳不知能否见到，今晚的月亮哪有心思欣赏？覆巢之下安有完卵？偌大个世界，容不下一张安静的书桌。故叹“在薄情的世界深情地活着”者无大情怀，而期“在不平静的世界平静地活着”者有真忧思。

往亦勇，不往亦勇

虽千万人吾往矣，是一种大勇；虽千万人吾独不往，亦是一种大勇。即使以一人敌一国，仍然奋勇向前，明知此去没有生机，但却毫不畏惧，这种勇气绝非常人所有。只有那些心存信念而又坚定不移者，才可能身负如此大勇。而当千万人潮水般前涌，并群情激昂之时，泰然处之如如不动者，不仅需要勇气，更需要智慧。舍生忘死在某种场景下也许只需一念，比如在战场上，枪炮一响，唯有勇敢一途，方是求生之道。但与所有人背道而驰，独自开辟蹊径，光有勇气肯定不够。因为死亡并不是最大的恐惧，在恐惧中死亡才最让人恐惧。是故朝千万人而往，不易；不随千万人而往，更难。

为生存而食

西方思想的启蒙者泰勒斯，是古希腊的第一位哲学家。在人们为生存而努力的时候，他却在思考那些毫无实用之处的人生道理，自然遭到人们的嘲笑和讥讽。一次，他因为仰观星月，准备预测次日的天气，未注意脚下坑洼不平，结果狠狠地摔了一跤。时人笑话他，脚下都顾不及，还要看高邈的天空。两千多年后，黑格尔因此感叹，如果一个民族都是只顾眼前脚下的人，而没有仰望星空的人，那这个民族就没有希望。幸运的是，过去的任何时代，无论是和平还是战争，总有一部分人在仰望星空，文明才得以延续。正如泰勒斯所说："别人为食而生存，我为生存而食。"我们期望，为生存而食者越来越多。如此，便会不断地有人仰望星空。

克服心内问题

人生在世，遇到的问题数不胜数，但若归类，无非两种：一种是心外问题，一种是心内问题。前者如学习问题、生活问题、工作问题、健康问题等，这些问题自己解决不了，可以借助外力。后者如怅惘、焦虑、抑郁、畏惧等，这些问题只能求诸自身，别人插不上手。内心不畅，生活将寸步难行。解铃还须系铃人，必须自己想办法疏解才行，千万好友相劝，亿万钱财相佐，自己凝滞不通，一样徒劳。且心外问题，只要不涉及生死，都可以置之不理。而心内问题却无法绕开，必须一个一个克服，才能继续前行。所以寻找心灵导师，远比寻找生活导师或者财富导师重要得多，克服心内问题才是大事。

花开月明无穷尽

刘希夷的“年年岁岁花相似，岁岁年年人不同”与张若虚的“人生代代无穷已，江月年年只相似”有异曲同工之妙。花开花谢，红颜已老。人的一生，禁得起多少次花木荣枯，春秋交替？一个轮回，花还是那丛花，颜色如前，美丽依然；春还是那个春，风和日丽，杨柳婀娜。当年的翩翩少年，早已进入垂暮之年。人生如此，天下又何尝有别？江上那轮明月照了古人，又照今人，人间却换了面貌。代代更迭，无穷无尽。沐浴在月亮的清辉之中，谁还去想，她曾经照亮过谁的心田，又牵动过谁的情思。谁在思？谁在吟？谁是谁的谁？当时明月在。但时光，送走了一代又一代人，故事又重复，明月依旧在。

人生就是灿烂向前

我们常在电影中看到一种紧张画面：主角在一座石桥上一路狂奔，身后的桥面节节断裂；主角向洞外纵身一扑，身后爆炸卷起的烟尘迅速吞没山洞；主角手攀悬崖向上一跃，脚下翻滚的岩浆刚好蔓延过立身之处。每每此时，我们便要屏住呼吸，两脚抓地，以手握椅，恨不能助主角一臂之力，帮其脱困逃生。其实，我们自己每天都在经历着更艰难的情形，步入更危险的境地。说到底，人生不过是一次只能向前的约会。身后的路径已断，固无回头之可能，而竭力向前的一扑一跃，最终还是去圆那个灿烂之约。只是如若我们在时间寸寸折断的声音中，逐渐听出优美的旋律，体悟出高妙的天道，则此行不虚，此生永恒。

登 高 不 止

孟子曰：“孔子登东山而小鲁，登泰山而小天下。故观于海者难为水，游于圣人之门者难为言。”孟子的意思是，视野开阔到了极点，天地万物皆收眼底，或是不必再登高。然学问再渊博，恐怕亦无尽时，即使是圣人也不能顿步不前，何况非圣。人学得越多，有时越觉懂得太少。正如一束强光，黑暗时近处一照，纤毫毕现，往夜空中远射，一片漆黑。所以眼界可以很高，手脚却不能有丝毫懈怠。应该承认，很多人具有一流的鉴别能力，却永远拿不出二流的独创作品。韩愈说：“世有伯乐，然后有千里马。千里马常有，而伯乐不常有。”可喜的是，如今伯乐日渐增多，千里马正可遇良机。

特立独行

人极易受到环境影响和舆论左右，闻臧否而易志，视利弊而转向，“一凡人誉之，则自以为有余；一凡人沮之，则自以为不足”。结果做了随波逐流中推波助澜的一滴水，不仅自己泯然众人矣，还为淹没他人出了一份力。当然也有我行我素、旁若无人者，韩愈誉之为“特立独行”，其信道笃而自知明，乃豪杰之士。这种人知道自己需要什么、该当如何，从不为外界所动，自古以来，实在是稀少而珍贵。“一家非之，力行而不惑者，寡矣；至于一国一州非之，力行而不惑者，盖天下一人而已矣；若至于举世非之，力行而不惑者，则千百年乃一人而已耳。”像商之伯夷、叔齐，为守心中之道，不食周粟而死；宋之岳飞，为护爱国之情，毅然背负莫须有之罪名；明之海瑞，为秉廉洁之名，敢以一人敌天下。他们是真正能够突破时论，超越众念，孤独而坚定的独行者。“昭乎日月不足为明，崒乎泰山不足为高，巍乎天地不足为容也。”

各得其所

人皆愿趋向让自己光明灿烂的地方，比如演员渴望舞台，学者喜欢讲坛，军人关注战场，商人寻找商域，只有在那里，他们才光芒四射，如鱼得水。换了其他地方，都不是他们的主场，自然暗淡萧索，毫无神采，正如老虎误入沙漠，骆驼错进雪山，苍鹰跌落大地，不仅优势尽失，还有性命之虞。很多人出走半生，所积不可谓不厚，所握不可谓不盈，所知不可谓不丰，然而鲜有快乐放光者，因为始终没有找到那个擦亮自己的地方。其实很简单，斩断一切阻碍内心自然的色声香味触法，行到通身透明闪亮之处，便得其所哉了。

延长时间的方法

休息的时候，时间与忙着的时候一样匀速流失。睡着、坐着、立着、行着，时间都在消耗，她就是这么无情；贫者、富者、穷者、达者，时间长度一样，她就是这么公平。她走时并不引人注目，甚至有些安静轻柔，以酒挽留，诗意相送，从来都不曾改变她的去意。古人用情感打动，今人用科技逆袭，她一直无动于衷。我们所有的努力，都或多或少地获得一些回报，唯对时间的延长，毋庸置疑地无果。我们可以对任何事物抱有希望幻想，唯对时间的一去不复返，除了绝望还是绝望。幸好时间分过去、现在和未来，过去自不必多言，对于现在和未来，我们其实也并不能改变时间的长短快慢，但可以提高行动的效率，按照相对论的方法，变相地获取更多的时间。这是关于时间这个无解的方程中，我们唯一感到安慰的解答。

登顶方知山大

蓝天白云下的大山，并不显得巍峨壮丽，倒有几分朴实无华，与那些坡梁土丘相较，只是身材高大魁梧些而已。然而，只有那些登高至顶的人，才领略过大山的味道，惊叹于她的丰富和伟岸。其始，路阔溪涌，花草繁茂，阳光明媚，百鸟争鸣，与外间无异；及半，则怪石嶙峋，悬崖峭壁，涧水飞扑，猛浪若奔，横柯蔽日，在昼犹昏，猿鸣狼嚎，相互交映。不入山腹，焉知山中之富？既达，或云开日晒，触手及天，或冷风怒号，冰降雨霏，一日之内，数季更换。登临送目，心荡神驰，江河如绳，屋舍如盒，人马如蚁。唯有登顶，方味山之雄浑魁伟，高绝人间。人，当如大山。

出发远胜坐等

出发时，常抱兴奋之感、憧憬之愿。前路或有未卜之祸，或有意外之福，至少新奇是免不了的。长居一处，即使万般皆好，缺了变化，便是最大的错过。那山那水，那事那人，那情那景，谁能说其中没有震撼心扉者？与其坐等风雨过，不如起迎霜雪落。归来时，则有如箭之心、苍凉之意。历经万水千山，悦尽人间百态。顺逆浮沉，显隐荣枯，一切都成平常事。兴因暮春发，心随雁飞灭。所有的过往，皆是人生的内容，岂“好坏”二字可以评定？万事了然于胸，不必细说，百战归来，自品味便好。

人气让天地生动

世间万物，但凡沾了人气，皆会变得灵动起来。亭台楼阁，住着公子佳人，自然花树繁茂，清香四溢，生机勃勃；没有人气，“暗牖悬蛛网，空梁落燕泥”，就是一派衰败景象了。城镇通衢，人来人往，张袂成阴，挥汗如雨，自是繁华热闹。一旦人去楼空，风尘不起，庭草无人随意绿，子规枝头带血啼，必是荒冷寂寞地、苍凉伤心所。江山万里，没有人文气息的浸染温润，不过都是冰冷的水石沙土，马蹄踏过的草原、鲜血染过的河流、飞箭穿过的杨柳、刀剑砍过的木石、诗文赞过的山岳，因为留下了人的味道，顿时气韵生动，富有生命。房屋没有人气，就要变成废宅；城市没有人气，就要变成鬼城；江山没有人气，就要变成洪荒。所以不管是清气还是浊气，雅气还是俗气，只要有了人气，天地间便有了生气。

听雨的不同人生感悟

南宋蒋捷《虞美人 · 听雨》妙在以听雨总其一生，简约而精到，意深而情丰：“少年听雨歌楼上，红烛昏罗帐。壮年听雨客舟中，江阔云低断雁叫西风。而今听雨僧庐下，鬓已星星也。悲欢离合总无情，一任阶前点滴到天明。”

少年听雨助兴。买笑红楼，放浪酒肆，雨只是荒唐欢娱的背景，并不移情动性。壮年听雨助势。风云变幻，物是人非，雨已渗入人生际遇的在在处处，搅动了思绪情缘。老年听雨助修。历万事度千劫，归来参禅悟道，庐中静坐，闻雨声淅沥，无可说不可说。

人的一生，大致都要经过少、壮、老三个阶段，少时沉迷享乐，壮时争名天下，老时安于静思。若惑于世事，滞于尘缘，不妨听雨。

强 大 内 心

人一旦双脚离开大地，心中还是很不安的。没有大地坚强的支撑，必然缺少踏实的感觉。那些经常在空中飞行、在海上游弋的人，内心是很强大的。

离开熟悉的文化故土，前往陌生的他乡，心中一样是忐忑的。那些常年漂泊在外的人，内心绝对是独立的。

而那些离开地球和人类,乘着火箭飞船前往宇宙其他星球探索的人，心中该有多么孤独和恐惧！然而仍有慷慨者，前仆后继，其心必然坚硬如铁，不惧人间任何恐惧困厄。

相形之下，换个单位重启工作，寻个城市重新生活，又算得了什么呢？

时光飞逝

只记得宴席上醉了几回酒，炉火边打了几个盹儿，单位里加了几次班，深夜中叹了几口气，人便已到中年。人到中年，看问题须转换角度，做事情须重置目标，理论须切合实际。冲动代之以沉稳，青涩代之以熟练，虚浮代之以坚实，速度代之以效率。人到中年，是岁月的赐予，不论好坏，无人能够拒绝。如今只对中年、老年阶段有权进行规划，再无力觊觎少年、青年时代，未来即使再美妙，谁又愿轻易丧失以往的生机。看到有人肆意挥霍青春，不免心生艳羡，一如穷人看到富豪挥金如土，紧捏着口袋中仅剩的几个时光硬币，张皇失措，顾盼自怜，生怕错花了一个子儿。多么想回到那一无所有却青春勃发的年代！

任　自　然

人的一生，富可敌国，权势熏天，未必是最佳状态；畅快淋漓，光芒万丈，才是理想境界。富固可资取天地万物，权固可仗居众人之上，但浑身不自在，内心不自由，想任性又不敢，想平常不可得，居则囚笼，出则枷锁，财货权力要来又有何用？畅快淋漓，讲究的是放任天性，喜忧由心，想唱就高歌，想醉就豪饮，睡便睡得人事不省，玩便玩得不亦乐乎，学便学得全神贯注，做便做得一丝不苟，身上无牵绊，心中无挂碍。不仅要身心痛快，更要闪烁光芒，照亮世界，方为英杰。光芒不是穿金戴银所放射的物质光辉，不是高官显贵成就的人工华彩，而是深厚底蕴发散的文化清辉，是通达人生闪耀的智慧之光。痛快淋漓是一种任自然，光芒万丈同样是一种任自然，所有的刻意雕琢都远逊于此。

自然入梦

冯延巳《鹊踏枝》云:“浓睡觉来莺乱语,惊残好梦无寻处。”在美梦中被莺歌燕语唤醒,于今人是何等幸福之事!一年到头,大多数人或许只有偶到山村度假时有此际遇,其他不是被嘈杂之声吵醒,就是被琐碎之事惊醒。醒了更无心思寻梦续梦,行动如风般飞舞,思绪如雨般急骤,整天里狂奔,满世界旋转,总是在疲惫不堪中倒头就睡,或者一夜难眠。人们对于吃住行游有奢华的追求,对于睡眠却草草了事,要么彻夜不眠,要么随意就寝,极少有人能听着音乐,读着闲书,慢慢酝酿睡意,于渐次蒙眬中浪漫入眠。当然,醒与眠只是对于觉悟者而言,至于迷失者,睡着了也许是相对清醒的,而醒着时却如睡梦中一般。李煜《乌夜啼》云:“世事漫随流水,算来一梦浮生。”真悟者之叹!

欲捕鱼，先织网

《淮南子·说林训》云：“临河而羡鱼，不如归家织网。”天天坐在河边，看着鱼儿在水中游来游去，即使百般羡慕，也只能无奈至极，因为既不能凌空抓得一条半尾，也没有如触株之兔一般愚蠢到自跃上岸的鱼儿。还不如老老实实回家织网，待网成之日再行前往河边。即使晚点、慢点，好歹有了网鱼的家伙，迟早都能尝到鱼鲜之美。在此期间，织网当然是寂寞的，一线一线地纺织连接，少不了扎扎实实地下功夫。今天休息，明天玩乐，永远织不就一张完整的渔网。心情当然是急迫的，看到别人一个个满载而归，想着河中的鱼儿成群游走，而自己渔网未成，结果未卜，难免心急如焚。然而欲速则不达，必须安住其心，耐住寂寞，无视一切干扰诱惑，一针一线缝就一张结实耐用的渔网。届时临渊一撒，自然不愁舱满积、船满载。

放眼看世界

庄子认为，人生天地之间，不过是草木之于大山，米粒之于谷仓，毫毛之于牛马，实在是小得可怜。而“五帝之所连，三王之所争，仁人之所忧，任士之所劳”，其实也无外乎如此，不过是自多自贵罢了。

事情往往是，在有限的时空中显得极为重要，在更为广阔的境域中便不值一提。看不清、想不透这点的人，思维常常会受阻凝滞，所见无不高大，所遇无不空前，自然越活越沉重，越老越狭隘。但凡处高望低，居大视小，则通透达观，了无滞碍，眼里曾经天大的事瞬间变得细微，心中一度伟大的人陡然变得平凡。

在庄子的眼中，气象万千的人间与微乎其微的蜗角没什么区别。庄子的辽阔有时让人怀疑：他到底是不是凡人？

念起即行

立足于当地，启程于时下，依仗于自身，是处于不败之地的三大法宝。

不要幻想换个地方就会更加浪漫、更加辽阔。即使置身草原，即使跃身天空，仍得踏实停稳，以立足处为基点，去往千里之外。像孙悟空那样，一个筋斗十万八千里，瞬间跨越城市村庄，不过是神话传说，不可以为现实之案例。出发一定要选在时下，过去已无法追溯，大多数人寄望于未来，决心在某个风和日丽的早晨，或者某个大雪纷飞的午后，在举办完正规仪式后，隆重开拔，结果行程一推再推，直到垂垂老去，终究未积跬步。一念既起，就要立即背起行囊，不管白日黑夜、艳阳风雨，反正都要经历四季，前面无论平坦坎坷，当时走了就走了，无须为何时离去而费神。漫漫长路，可倚者唯有自己。借强者之力，托飞驰之势，终不能持续长久；自带光电，绵绵不绝，越千山万水而不衰，历千难万险而不惧。世事变幻，人事萧条，风云消散，自当情怀存心，一人，一书，一世界，则何败之有？

消耗不起的时间

人生最大的消耗，莫过于庄严肃穆地参加解决不了任何问题的会议，或者一本正经地进行得不出任何结果的研讨。在日常生活中，其实我们无时不在消耗，消耗财富，消耗时间，消耗精力，消耗生命。财富的消耗其实不值一提，除非财迷心窍，否则身外之物的本质不正是用来消耗的吗？精力的消耗不管是否有所获得，但至少精力是可以恢复的，一段时间以后又可以元气如初。时间的消耗可就有点奢侈了，倾我们一生，时间的总量是有限的，用来做此便不可用于成彼。如果花费了时间，哪怕只是得到了娱乐，放松了心态，也是十分值得的，更不用说取得了进展，实现了跨越。但颗粒无收且又精疲力竭的话，就是一种生命的浪费。

沉着克敌

在关系生死的重大疫情面前，一切都显得苍白无力。什么争名于朝，什么计利于市；无论博带高冠，无论布衣黎庶；即便富可敌国，即便家徒四壁：在死神面前，一律平等。气焰嚣张，或者平易近人；空谷幽兰，或者路边野花：这无关态度，不涉品性，任何特殊的标记和特征，病毒概不认账。所有的愤怒、指责、同情、恐惧，都无济于事，只能消耗内力和真气，在与隐身于微观世界的病菌作战前，已先自输了一阵。必须在白衣战士厉兵秣马、决战阵前的同时，全民动员起来，备粮草，送给养，输元气，传正音。众志成城，方能一鼓而破之。当然，任何战争，总有杂音怪调、疑虑恐慌，况且我们正在进行一场遍及全球的战争，一场没有硝烟的战争，一场处处是战场的战争。胜负未决之时，最需要的是同舟共济、严阵以待。“每临大事有静气，不信今时无古贤”，始终保持沉着冷静，耐心寻找制敌之法，有智者之虑，有勇者之战，何敌不摧，何城不克？

持 久 战

抗战初期，毛泽东发表了著名的《论持久战》，针对中日国情和国际形势，提出抗日战争必是一场持久战，不可寄望于毕其功于一役。战争分为三个阶段：敌之战略进攻、我之战略防守阶段，战略相持阶段，我之战略进攻、敌之战略防守阶段。

时下我们与病毒的战争也类似，切莫以为三朝两夕就可消弭疫情，目前正是病毒战略进攻、我之战略防守阶段，抵挡住这波凶猛的攻击，进入相持阶段，我们就有可能找到消灭病毒的武器和办法，最后发起对病毒的歼灭战。这时候，地不分南北，人不分老幼，皆有守土抗战之责。要听从国家的统筹调配，摒弃个人成见、私利，积极参与到这场人类战争的洪流当中。既是战争，一定有牺牲，有奉献，有人冲锋在前线，有人运筹于帷幄，胜败决定生死，无人可以置之度外。每个人都该做好打持久战的准备，耐心地等待反攻时刻的到来，待冲锋军号一响，从各自的壕堑跃起，将病毒碎为齑粉。

在等待中恪尽职守

疫情的那几个月，像几个世纪那么漫长，偌大个城市，静得令人心生寒意，世界似乎定格，时光分明停摆，偶尔的鸟鸣、移动的阳光提醒我们，原来生命一如既往。我仿佛看到白衣战士衣袂飘飘，行色匆匆，他们正在捆绑魔鬼的利爪，封堵死神的钢牙，而我们需要沉心静气，等待那个激动人心的时刻。正如一九四五年，人们等待那个光辉灿烂的结果。刚刚过去的日子，相对于十四年抗战那段峥嵘岁月，实在不可同日而语——大半个中国沦陷，有人赴汤蹈火而死，有人心胆俱裂而降，更多的人在苦难中坚持。活着，便是胜利，竟然有无数非凡的人们，在非凡的时期，取得了非凡的成就。国难当头，并非不恐惧，岂能不愤怒？但恪尽职守、循序渐进地行动才是正途。无须聒噪，不必互“怼”，沉默里守望，昂扬中坚强，必能迎来胜利的那一天！

胸 怀 天 生

人的胸襟生来就有云泥之别。胸襟大者在天地之间，其次在山河之间；胸襟小者在斗室之间，甚至在方寸之间。

胸襟并不与时位成正比，有些身居高位者，一样胸怀狭隘。《史记·范雎蔡泽列传》记载，秦国宰相范雎“一饭之德必偿，睚眦之怨必报”。虽然恩怨分明，但太过计较，有失宰相风度。宋苏辙《乞诛窜吕惠卿状》云：“盖其凶悍猜忍如蝮蝎，万一复用，睚眦必报。”可见，身居相位的吕惠卿完全是个没有肚量的小人。

那些富可敌国者，也很多都是器量不大、爱财如命的守财奴。晋朝的王戎，家境富裕，却十分吝啬，女儿借钱忘还便十分不悦，及其还钱方心中释然；家有上好的李子，卖时还要把李核钻坏，以防别人种植。

其实，真正有大胸怀、大格局的人并不多，像叔齐这样将天下拱手相让，范蠡这样散尽万贯家财的人实在是凤毛麟角。

且缓看透人生

人不可过早地看透人生，否则对什么都失去了兴趣，这也可以那也无所谓，便生无可恋了。保持对名利的适当欲望，是探求人生奥秘的原始动力。天下争端之由，无非名利二字，没有了对名利追逐的动机，基本可以退出尘世，万事不关心了。但同时，对人性的复杂性、事物的多面性、人生的丰富性，也就无法深入地了解，所谓的看透，也不过是看到了冰山一角。正如盲人摸象，摸着象的某一部分，便以为知道象的全貌了。不仅对象之外形一知半解，对大象无形之形而上理论更是闻所未闻。

对人生的深刻理解，一是要历，二是要悟。有些人一辈子不可谓不坎坷，却永远悟不透；有些人很有悟性，却从未经历，所以始终深刻不下去。暂缓看透人生，自有进取之心意。

回首云淡风轻

每个人都曾有解不开的结、破不了的局、过不了的关，当此之时，食不甘，夜无眠，天将塌，地欲裂。最终时间消解了一切，多年后回首，不过是池塘里的细浪，丘陵上的缓坡，岁月中的瞬息，只引得一声轻叹或一丝微笑。“此情可待成追忆，只是当时已惘然。”人生就是如此，不断惘然，不断清醒，直至大彻大悟。当然也有不少人，当时糊涂，后来也不明白。时光也会老，当前伸的思绪受到限制，多数人依靠回忆维持衰朽的生命。然而有几人能有苏轼“回首向来萧瑟处，归去，也无风雨也无晴”的洒脱？

善于忘却

人极容易囿于环境，环境生成的人情与欲望，会顽固地如影随形，让人的身心打上深深的烙印。破除这一窠臼的最好办法就是脱胎换骨，永远保持清新自然。如此必须不断地放弃和遗忘。人在情感和物质上都喜欢留恋，一留恋便落了形迹，以至于被环境约束。其实我们一生接触的大多数人和事，都如乘坐火车时窗外向后疾驰的树木，一晃而过，影影绰绰，模糊不清。面目生动，纯粹简单的少之又少。也许我们不愿承认，但事实上我们日复一日地生活在一个混沌的世界。必须清除那些隐隐约约的记忆，让余下的更加清晰、流畅，始终保有足够纳新的空间，才有可能突破固有的格局，实现真正的凤凰涅槃。

朦胧之美

事物都经不起详察细究。对美人的印象最好是朦胧隐约，如此便富有浪漫诗意；凑得太近，不仅脸上的斑点清晰可见，令人不悦的习惯恐怕也会影响观瞻。对善良的人们，保持真诚的感动便好，略一计较，或许能放大其隐藏的自私，甚至是伪善。话说回来，又有多少人毫无自私自利之心呢？

古人讲究照顾场面，大致过得去就罢了，“水至清则无鱼，人至察则无徒”，所以生活中盛行模糊哲学。有人说中国文化思辨不够，精细不了，然而这也许正是中国文化的精妙之处。审事条分缕析，论人鞭辟入里，确实能弄个明白究竟，但也就失去了事物固有的神秘。事实上，洞察秋毫的人，远没有略带糊涂的人活得轻松快乐。

心灵的窗户

如果说心灵是一泓潭水，那么眼睛就是一湾溪流。心灵的潭水纯净，则眼睛的溪流清澈；若心灵的潭水蒙尘，则眼睛的溪流浑浊。

童年少年时，心里是透明的，所以眼睛是清亮的。人到中年时开始分化，有人依然保持心地善良纯洁，眼睛始终绽放光明；也有人越来越心机深沉，眼睛越来越失去光泽。及至老去，心灵早已伤痕累累，眼中只剩下黄昏的暮色。间或有人闪烁智慧的光芒，那是阅尽人间百态锻造的火眼金睛，以此对应的心灵也许不再纯粹，但一定通达圆融，海阔天空。

经营现在

从时间逻辑上看，每个人都有过去、现在和未来，其实却不然。有些人的过去满目疮痍，丰富却沧桑；有些人的过去苍白空洞，几乎无事可供回忆。有些人的未来生机蓬勃，充满美好的未知；有些人的未来已经名存实亡，只是按照生命的轨迹，朝着终结的方向运行而已。只有现在，对于每个人而言，是可以触摸的现实存在。当然，现在也是千姿百态、迥然有别的，有些人达到了人生巅峰，正品尝快意人生；有些人正焦虑不安，恨不得快步跨向未来；有些人正不紧不慢地活着，无所谓好，亦无所谓坏。但至少现在是可以有所为有所不为的，把握好了现在，死去的未来也许能死灰复燃，枯树开花。沉浸过去，不管过去是荣耀还是耻辱，都毫无意义。展望未来，不管未来是美好还是无望，都过于虚幻。因此，不如经营现在，化祸为福，推好为妙。

人生道路贵在丰富

人生的道路就一条，从起点到终点。只是这条路上的境况变化太大，山一程水一程，风一路雨一路，忧一段喜一段。或履平地，或穿林海，或跨雪原。有淫雨霏霏、连月不开之季，有春和景明、波澜不惊之季。一会儿山穷水尽，一会儿柳暗花明，朝晖夕阴，气象万千，让人无法预测、不可想象。无法预测，便充满神秘，让人有揭秘的欲望，不断生起走下去的力量。无法想象，便趣味无穷，让人兴致勃勃，永远保持走下去的冲动。有些人走着走着，就走不下去了，要么是觉得前面总是沼泽陷阱，无法自拔，不可迂回，失去了逾越的勇气；要么是觉得前面总是平坦大道，年年雷同，日日如是，失去了继续的兴致。人生的道路还是多一些变化为好，崎岖后的平坦、风雨后的阳光、沙漠后的草原，会让人更加欣喜，更加珍惜，更加振奋！

过去美好，未来圆满

现在即使事事如愿，我们仍然会觉得最美好的还在过去，而最圆满的一定在未来。回忆往往带着深厚的情感，滤去了一切的不快和缺憾，只将最好的一幕呈现在脑海。比如我们回忆父母，只记得他们的关怀和抚养，而忘记了他们对我们的打骂。比如我们回忆初恋，只记得当时的甜蜜和温情，而忘记了分手时的争吵。比如我们回忆故乡，只记得情谊深厚、花草满野，而忘记了如影随形的穷困。我们总能在回忆中找到让我们粲然一笑的情愫、让我们怦然心动的场景，所以过去总是美好的。现在的一切，无论好或者不好，都不能让人感到满足。而未来，借助想象，我们可以将一切构建得很完美：即使过程是惊心的，结果也一定是如愿的；即使道路是曲折的，前途也一定是光明的。与过去醉心唯美、忽略苦难不同，未来是力求圆满，不惧苦难。

精神享受无止境

享受分物质享受和精神享受。锦衣玉食，华屋豪车，是人之欲也，享之身体舒泰，心满意足，个中滋味，大抵相同。而精神享受截然不同，有些人听了一首好歌，会觉得其乐无穷；有些人读了一首好诗，会觉得悠然神往；有些人赏了一幅好画，会觉得如痴如醉；有些人看了一本好书，会觉得爱不释手。物质享受有尽，无非山珍海味、金银玩好。多了，便千篇一律，兴致索然。精神的享受无穷，诗词歌赋、琴棋书画，其中的乐趣韵味，深远宽广，绵绵不绝。我们所能获得的享受不过其中万一。同样一首诗，有人赏其景色之美，有人味其情意之深，有人叹其境界之高，有人赞其意态之远，所得之享受自然不一。即使同一个人，读同一首诗，因为时空转移，情景重构，思绪深入，心态变换，也会带来享受程度、方式、角度的不同。故精神享受永无止境。

万物存乎一心

天地间不仅充盈着有形之山川人物，还弥漫着无形之思绪琐事。在人间生活，又岂是轻易能置身事外、置身人外的呢？此身常常非我所有，缠于世务，陷于俗情。有些人沉于其中，不能自拔，身既已没，心亦随之。通达者赋形其中，而置心其外，目空一切，心空无物。万花丛中过，片叶不沾身。心中无留意，花瓣树叶自然飘落。心中不滞物，身形便轻盈飞舞，即使处于人和事的重围之中，也可轻易地脱困而去。微妙隐约，存乎一心。

两种寂寞

寂寞其实有两种。一种是感觉的冷清寂寥，一种是心灵的无所依傍。从“车如流水马如龙”，到“门前冷落鞍马稀”；从“一剑曾当百万师”，到“路旁时卖故侯瓜”；从“壮岁旌旗拥万夫”，到“井放辘轳闲浸酒”：那种寂寞只是远离了热闹喧嚣，回归了本真自我，感觉上的寂静仅仅触及肌肤，并不深入腠理。心灵的落单，才永久寂寞。“过尽千帆皆不是”“行到中庭数花朵”“便纵有千种风情，更与何人说”，这是感情上的无所寄托。“前不见古人，后不见来者”“遇酒须倾，莫问千秋万岁名”“把吴钩看了，栏杆拍遍，无人会，登临意”，这是襟抱不展的无处言说。相对前者，后一种寂寞更为深刻，更不可解。

变化是永恒的主题

《孙子兵法》云:“故兵无常势，水无常形，能因敌变化而取胜者，谓之神。”其实，不唯用兵当如水一般无常形，人之立于尘世，亦当随物赋形，不拘一格，不持一端，千变万化，脱略行迹。有些人整天就是一张面孔，严肃呆板，了无生气；有些人毕生就是一种思维，简单线性，毫无创意。活着于他们而言，就是遵循，就是沿袭，就是重复，然后心安理得，不及其余。而在万千世界中，变动不居是永恒的主题。因地制宜，应时而变，才能欣赏不同的景致，尽享无穷的快乐。

欺人终欺己

不要欺骗朋友。为了一点儿小利，损失了长期建立的友谊，无异于为了一棵小树，丢弃一片森林。丧诚失信，最终一定是苦酒自饮，而且苦不堪言。

不要欺骗生活。苦乐是人生常态，真实地面对一切遭遇，无惧无忧，无怨无悔。仗着以苦为乐的虚伪、游戏人生的轻浮，去蒙蔽生活，一定会得到生活的惩罚。

不要欺骗身体。健康是快乐之源、事业之本，保证了身体的无恙，一切皆有可能才有了逻辑前提。今日不该损耗而自伤，明日该去锻炼而懒惰，总有一天，身体会跟你秋后算账。

不要欺骗自己。自己是这个天底下最该坦诚相待、竭力维护的人，该快意肆志的时候，不要不动声色；该大放悲声的时候，不要强作欢颜。感到窒息了，一定要赶紧呼吸自由空气；觉得畅快了，不妨当众高歌一曲。压抑性情，强迫内心，不是让自己变形异化，就是让自己轰然倒塌。天道好还，欺骗的结果往往是搬起石头砸了自己的脚。

言官之威

人皆愿听溢美之词。直言切谏，虽有益于行，积利于身，但必逆于耳，拂于心。特别是位高身贵之后，有了成功事业做支撑，耳朵里只能听各种人的好话。“才畯满前，道古今而誉盛德，入耳而不烦。”好话再多，也百听不厌。古人智慧，特置言官，规谏皇帝，左右言路，弹劾百官，按察地方，如此，从皇帝到大臣都有人监管议论，甚至直陈其弊。

宋代司马光曾言：“凡择言官，当以三事为先，第一不爱富贵，次则重惜名节，次则晓知治体。”可见，做个言官极不容易，弄不好就要免官职、丢性命。清朝的言官畏惧皇权，大都顺颜谄媚。明朝的言官往往敢于抗颜直辩，不计生死。像王守仁、王世贞、袁可立、杨涟等人，都是铁骨铮铮，留誉青史的著名言官。

清官海瑞曾为自己准备好棺木，然后上朝放胆当面指责嘉靖皇帝的过失，不惜拚却一死，也要直言谏帝。据载，万历皇帝一日在宫里大声嬉戏，忽闻巡城御史呵呼声，亟命止歌。有人问他所惧者何，他说：“我畏御史。”言官之威，竟至于此。

雅俗共赏说“三国”

《三国演义》既是文艺精品，也是民间传说。它将文人文章的精美和坊间传说的神奇，巧妙地结合在一起，做到了水乳交融，因而广受各阶层人士的青睐。其广泛传播的原因绝不是由于三国故事精彩、人物英雄了得，恰恰相反，正是《三国演义》的广泛传播，才让人知道三国故事的精彩、人物的英雄了得。其实每个乱世都有精彩的故事、英雄的人物，不过不是每个乱世都有《三国演义》这样的好书。

李渔有言曰：“演义一书之奇，足以使学士读之而快，委巷不学之人读之而亦快；英雄豪杰读之而快，凡夫俗子读之而亦快。”庙堂之人读后拍案叫绝，江湖之人读后畅快淋漓；高雅之士读了觉得精妙绝伦，低俗之士读了以为甚得我心。故曰：《三国演义》真雅俗共赏者也。

平常处最弥足珍贵

“被酒莫惊春睡重，赌书消得泼茶香，当时只道是寻常。”这是清纳兰性德的一首感怀词。醉酒沉睡，读书饮茶，这些平常琐事，过后件件值得回忆，历久弥珍。纳兰性德出身高贵，却潇洒出尘，视权财如敝屣，是个高蹈纯洁之人。一生虽短暂，只活了三十岁，却有许多妙词遗世。这篇《浣溪沙》便是其中著名的一首。词中回忆了与已逝爱妻的几个生活细节，却表达了沉痛深切的情感。其实，非必惊天动地、震古烁今之大事才值得人追忆，那些饱含深情的生活小事，往往更让人刻骨铭心。普通人一生也遇不到几件所谓的大事，不过是杯中、池中、潭中的风波，该珍惜的恰恰是平淡如水的生活、波澜不惊的情感。当时虽觉平常，过后思量，无不弥足珍贵。且善待当下一切。

无忧于心

随着时间的推移，一切都会水落石出。人生的巅峰时刻终将来临，睥睨天下，志得意满，赏景景美，视人心悦，“一日看尽长安花”。最苦难的日子终将过去，江湖夜雨，青灯银丝，穷年忧生计，多病故人疏。一朝云散，天朗气清，“轻舟已过万重山”。毕生缠绕的执念终将瓦解，耿耿于怀，念念于心，一旦有悟，恰如剑刺缝隙，以无厚入有间，自然瞬间委顿于地。而生命也终将消亡，从灿然绽放、风华绝代，到黯然凋零、木然枯萎，没有谁能阻挡这一规律。既然都有结果，既然结果一样，就该无事萦绕于身，无忧长怀于心。

儒墨兴衰

儒学与墨学在春秋时并称“显学”，其势远大于道学。百家争鸣之际，有“非儒即墨”之谓。然汉以后，墨学衰微，甚至最后消亡，而儒学历数千年不衰。

其实考墨学主张，其以兼爱为核心，以节用、尚贤为支点的学说，不仅系统有理，而且注重实践，非常科学严谨，被誉为“平民哲学”，深受民众欢迎。此为墨学一道在春秋战国时成为显学之故。

然而“兼爱”“非攻”，劝说世人互相敬爱，一团和气，这与人们喜欢称王称霸的心理相去甚远，与大家彼此攻伐不休的形势颇为不符。而儒家的“仁义礼智信”、道家的“逍遥”“无为”，或利于治国，或益于治心，当然大得其众。有理且有用，故儒道能行远；有理而无用，故墨学渐衰亡。

父母情殇

父母亲远去的背影，总让我们在不自觉间潸然泪下。苍颜白发，蹒跚步履，欲言又止时的沉默，举手投足间的深情，无不令人心酸。他们一生为我们耗尽心血，从来都是毫无怨言，只要我们过得好，他们便欣然怡然；一旦遇上不顺，他们便愀然戚然。对于他们，我们倾其所有，也不能回报万一。

儿女远去的背影，却让我们禁不住心痛欲裂。平常的别语，稚嫩的情思，依恋的眼神，引泣下沾襟。天高路远，云雾弥漫，雏鹰奋飞，搏击长空。长恨不能先行一步，为他们披荆斩棘，畅通前路。然我们深知，长亭短亭，终有一别。因为深爱，必须摒弃浅情。对于他们，我们即使倾尽一生，也无法为其护航抵达彼岸。无法回馈父母，不能长伴儿女，此人生之情殇。

高洁宜于世外

世俗其实是容不下高洁的。不“合污”也许没事，不“同流”恐怕就会出问题。有人说，我不犯人、不触事，独自放浪还能招祸吗？然而，你不犯人人会犯你，你不找事事会找你。嵇康在《卜疑集》中云：“内不愧心，外不负俗，交不为利，仕不谋禄，鉴乎古今，涤情荡欲，何忧于人间之委曲？”意思是说，做到无愧于心、不负于人，当官为人不图利、不谋财，借鉴古今事例，淡情寡欲，还担心什么麻烦危险呢？他不仅如此说，也如此行。不谋权势，不贪财货，为人耿直，清心寡欲，一心为文谈艺，打铁饮酒，结果还是得罪了权贵，受构陷致死。究其缘由，正是因为嵇康太过高洁，不愿与世俗同流，自然被视为异端，必置之死地方罢。所以，要高洁就到世外去独自高洁，绝不能在流俗中显露，否则容易背负莫须有的罪名。

风动还是物动

《六祖坛经》载:“时有风吹幡动。一僧曰风动,一僧曰幡动。议论不已。惠能进曰:‘非风动,非幡动,仁者心动。’”风动也好,幡动也罢,归根到底,还是心动之故。心不动,一切动静变化皆与己无关。禅宗讲究禅定和般若,任万物瞬息,我只如如不动,心定方能生慧,顿悟佛道奥妙。然世上又有几人能不因物心动,为情所感?正是由于心常动,才被外界诸物变化所迷惑,乃至遮蔽了初心。修佛悟道,正是要澄清迷雾,固定本心。待万物不能移心,智慧便不择地而出。

“名利”二字，并未总括人生

清人李渔有名联曰：“名乎利乎道路奔波休碌碌，来者往者溪山清净且停停。”南朝吴均在《与朱元思书》中云：“鸢飞戾天者，望峰息心；经纶世务者，窥谷忘反。”无非告诉世人，名利之外，尚有其他，比如青天白云、高山流水，不必整天忙忙碌碌、没完没了，为名利倾付一生。那些过得自以为复杂沧桑的人，其实人生非常单调乏味，以“名利”二字便可总其一生。而那些被视为单纯的人，却纵观了历史，饱览了山河，深验了生活，又岂是肤浅的“名利”可以概括得了的？所以如果只为名利，所谓的经历丰富，只是低俗的重复；如果意在事外，经历简单，却蕴含无穷意味。千百年来，抑或有人读了《与朱元思书》后，释名弃利，飘然世外，高蹈远引去也。

无忧无虑

人无远虑，必有近忧。人生就是在这种忧和虑的交替中结束的。如果忧虑的是家国不兴、天下不平，倒也值得。而忧虑生计无着落、生意不兴隆、晋升太渺茫，实在是一种自我折磨。作为常人，天下大事自然插不了手，杞人忧天也毫无意义。既是常人，财富多一点儿少一点儿，官职高一点儿低一点儿，似乎差别也不大。如此便没什么可忧虑的。然而我们仍是忍不住隔三岔五去忧虑一番，实在是自身求全责备的结果。人生的正道也许是，但只生活，无忧无虑。

善于放弃

弱水三千，只取一瓢，这是明智的选择。取多了，耗神耗力，或许还喝不够一瓢，更品不出弱水的味道。轻取一瓢，可煮可烹，从容而饮，休管人声嘈杂，天下汹汹。然人皆有贪婪之心，一见弱水三千，恨不得日夜游于其中，岂肯一瓢而足？结果往往溺毙其中，至死方休！人生的智慧往往不在如何获取，而在善于放弃，既非已之所有，虽一毫而莫取。即使可取，一瓢已足，岂能得陇望蜀，无休无止？善于放弃，也能走向光明。

各有异禀

每个人大概都有某些方面的天赋，有些人对数字特别敏感，有些人对物理兴趣非凡，有些人对音乐尤其擅长，有些人对味道察觉入微，有些人对文字把握精确……这或许就是李白讲的“天生我材必有用”吧！怕就怕张冠李戴、错点鸳鸯，让数学天才去做了品酒师，让潜在作家去做了工程师，让画家苗子去做了经济师。虽然每个人终究都能有一个明确定位，但并不准确，除了少数天赋十分突出的人能顺天承运外，大部分人找不到自己天赋所在，也就不可能实现最好的自我。最长于何为？有人终其一生都在寻找，越早寻得，越易发挥自身潜能，越快进入快乐自由境界。

朝着阳光前行

“莫愁前路无知己，天下谁人不识君。”朝着充满阳光的地方前行，一定会有许多同道者。浑身的暖意，足以慰风寒。漫漫人生，我们穿过黑暗，踏过泥泞，越过川泽，总想寻找一条光明的道路，欣赏着花草，沐浴着清辉，聆听着天籁，轻松地旅行到终点。然而并非每个人都能如愿地走上一条平安大道，要么被人簇拥着走上绝路，要么一直走不出黑暗的隧道，要么悲惨地掉入无底的深渊，要么独自步行在无人的旷野。其实，只要循着有光的地方去就对了，哪怕“初极狭，才通人”，但只要继续前进，一定会豁然开朗。是谓“道不孤，必有邻”。

深刻的过程

日渐深刻的过程，既是日渐清醒的过程，也是日渐寂寞的过程，更是日渐自在的过程。摒弃浮华、浅陋、幻想，直达物性、人心、天理，真实的路上走得越远，思想的藩篱破得越多，越是缺朋少伴。昔日金身般的人物，也许泥塑般破落；昔日神圣般的大事，也许儿戏般视之。深刻，将揭开世情的缥缈面纱、庸者的威严伪装。深刻后的结论必然是：原来如此！不过如此！始或大失所望，继而如释重负，终将怡然自乐。

略留遗憾

始终保持部分对事物的饥饿状态，有益于身心健康，比如对饮食、对知识、对财富。太满则溢，留有空间，便拥有潜力。饮食太足，没有饥饿感，既不利于健康，也毁坏食欲，枉费美食。切不可认为书读完了，便故步自封、孤芳自赏，存有对知识的渴望、阅读的兴趣，才能永葆继续学习的动力、不辍思考的能力。财富过早地聚集，奢侈地享有一切，世间再无想要得到的物质，便极易产生虚无感，从而失去奋斗的动力。若不能在精神上固守，要么可能选择错误，寻求短暂刺激，要么失去生活的方向。对物质的追求、对精神的丰富，都要循序渐进，得到太快，拥有太多，未必就是理想的人生。略有缺憾也许正是走向完美不可或缺的一环，毕竟我们更想要的是历久弥新，而不是转瞬即逝。

格调当高

如不能在一望无际的大海中搏击风浪，倒不如在渊然而静的泉潭中以清流濯足。在池塘中掀涟漪，或者在溪流中伴鱼虾，实在是对自我生命的践踏。所谓的风流高格调，不是勇立潮头，便是负手霞外。不求言行上的与众不同，唯呈识见上的泾渭分明。而奋飞总需际遇，息心全然在我。迈步便起红尘，吐声即有回响，似乎大得众矣，实则碌碌之辈。竹篮未离水时怏然自足，鲜花现于雾中欣然沉醉，暂得即舒其意，小誉便欢其心。空中有鲲鹏与鸠雀之分，林中有虎豹与狐兔之别，始信人间亦如此。

笑对人生

从来都是由俭入奢易，由奢入俭难。同样，由静入闹易，由闹入静难。从家徒四壁、箪瓢屡空的穷困日子，迈入华屋豪车、玉盘珍馐的富裕生活，一定是心花怒放然后迅速适应的；反之，则将愁眉苦脸，度日如年。从寂寞安静走进热闹喧嚣，实在是门槛很低。几个老友高朋一吆喝一拉扯，便顺顺利利地从众了，从此沸腾燃烧，乐不可遏。但从车水马龙、夜夜笙歌的热闹繁华处，回到那悄无人迹、鸦雀无声的寂静荒凉地，实在是难比登天。一日两日也还罢了，三日五日，便心痒难熬，半年一载，是断断不能的。那些奢俭转换从容、静闹穿越轻松的人，是能笑面人生的智者。

心静如水

《孟子·公孙丑上》中有这么一段孟子和他的得意弟子公孙丑之间的对话。公孙丑问曰：“夫子加齐之卿相，得行道焉，虽由此霸王，不异矣。如此，则动心否乎？”孟子曰：“否。我四十不动心。”

公孙丑问孟子说：“你担任了齐国的卿相，可以全面推行你的治国主张，他日助齐成就王霸之业，也就不令人诧异了。对此你是否动心？”孟子的回答意味深长：“我从四十岁开始就不动心了。”按说，孟子周游列国，无非希望自己的理念能得到众国君的认可，施展平生抱负。理想有望实现，应该是激情澎湃、热烈兴奋才对，但孟子并不欣喜若狂，而是镇定自若，心情丝毫不为所动。而且在不惑之年就已经做到了心静如水，不惑然于外界的一切动静荣衰。可见孟子早已不计成败利钝，到达心地自由的境界。后世尊其为“亚圣”，名实相符也。

智慧源于思想

赫拉克利特认为：渊博的知识并不能让人变得智慧，智慧只源于认识驾驭万物的思想。连发明了勾股定理、满脑袋都是数学知识的毕达哥拉斯，也遭到了赫拉克利特的无情嘲笑。自古以来，声名长留于世的，往往是那些在思想上具有独到见解的人。博学多才却毫无思想的建树者，每个朝代都不乏其人，可是谁又能记得他们？时至今日，学科分工愈来愈精细，博士、专家自然批量产生，这些人不可谓知识不广博，却未必有智慧。一生游弋于知识的海洋，就是不能闪耀一点儿思想的火花。朱熹说：“宇宙之间一理而已。”找不到这个“理”，任你上知天文、下知地理，也不过是陪伴在智者身边的一个标示不清的符号而已。

融会贯通

如果鱼和熊掌可以兼得，我想把东方智慧和西方文化融于一身，打通奇经八脉，试看学贯东西后到达人生智慧的第几重。在热闹的城市享受繁华豪奢，在寂静的山村卧听犬吠蛙鸣，体味闹中取静到底有何妙处。一会儿饮马黄河、塞外奔驰，一会儿陌上赏花、江南折柳，做一个侠骨柔情的江湖豪客。左手樽中酒不空，右手笔下画常新，无愧醉里秋波、梦中朝雨的雅士。尽展俗世中的风流，参悟佛道里的般若，不负如来不负卿。一边挥汗如雨感受太阳的灼热，一边诗意盎然沐浴月亮的清辉，在冰火两重天内怡然自得。如不能，便从吾所好。

知行合一

王阳明提倡的“知行合一”，是一种极高境界。知不易，行更难，知行合一自然是难上加难。“知”不是简单地懂得一点儿知识学问，而是通达天地之理、人生之道，洞悉生而为人的意义、何去何从的旨归。“行”不是盲目肆意而为，是在“知”的前提下，自觉坚韧地行动，逻辑清晰地展开。然大多数人，活得睡眼惺忪、无知无觉，即使略知一二，也不愿为之或者无能为力。所以毕生不明不白，不痛不痒。而知行合一则是识见和实操的融合，是智慧和力量的共生。能做到知行合一者，除王阳明和曾国藩外，恐寥若晨星。

情无二至

我们在什么方面都要分个轩轾，出身有贵贱之分，官阶有高低之别，财货有贫富之差，学问有深浅之异。唯情感无法区分，谁也不敢说自己的情感比别人真诚或者尊贵。爱情都是一样的纯洁，不是穷人的爱情就比富人的爱情廉价；亲情都是一样的铭心，不是官员的亲情就比百姓的亲情意切；友情都是一样的真挚，不是学者的友情就比武夫的友情和善。所以与一个家徒四壁的恋人分手，富人一样会心如刀割；与自己家人生死诀别，官员一样会悲痛欲绝；与知心好友天各一方，武夫一样会起依依惜别之情。故天地之间，万物都可分出高低、长短、良莠，唯真情不可分等级、量深浅、定贵贱。

古今情同

有些人，注定一生只遇一次，相处或一二日，或三五日，情在将起未起之时，谊在稍有未深之间。分别时有淡淡的惆怅，却并无深刻的忧伤，或终非陌路，旦夕同行，总有珍惜之心。毕竟亲人之外，知己好友数人而已，其余皆为短暂同伴，只是有些人可能反复相见，有些人只有一面之缘。人生就是如此，不断地挥别，不断地相逢，处短而别易，遇长则别难。何者？日久情生。情，无论是爱情、友情、乡情，深了，便不易决然斩断。李商隐曾叹“相见时难别亦难”，于现代人而言，见非难事，别一样不易。可见，情之一端，古今皆同。

随缘便是修行

饿来吃饭，困来即眠。似乎谁都能做到，其实却是一种艰难的修行。因为大多数人该吃饭时并不肯吃，百种需索；该睡觉时并不肯睡，千般计较。有几个人能顺应身心的自然召唤，该吃就吃，该睡就睡，想放松就放松，想云游就云游，“行于所当行”，止于所不可不止。要么就感叹功业未及建，要么就忧虑天寒白屋贫，结果是“百忧感其心，万事劳其形”，“宜其渥然丹者为槁木，黟然黑者为星星”。所得实非所愿，所失皆为所重。而那些随心所欲的修行者，因为并无复杂的思虑、繁复的期望，反而得了生活的真谛、人生的要旨。

根深才能叶茂

写文章最是急迫不得,急了便预生了功利之心,立意既鄙,文字必糙,浑然天成之境，悠然从容之态，独出心裁之辞，当与文章无缘。迫了则成听命文学，按图施工，匠人而已，又岂能期盼其能惊人视听？韩愈一再告诫:“将蕲至于古之立言者，则无望其速成，无诱于势利，养其根而俟其实，加其膏而希其光。根之茂者其实遂，膏之沃者其光晔。”根深才能叶茂，膏沃自然光晔。杜甫说“读书破万卷，下笔如有神”，苏轼说“吾文如万斛源泉，不择地而出”，都有此意。老老实实把基础打扎实，写起文章来一定会有如神助。热衷于奇技淫巧，借助于飞驰之势，图一时虚名，取目前小利，永远成不了一家之言。

怀念忽略时光的远古

四亿年前笔石自在游弋海底，三亿年前树木寸寸长成森林，两亿年前恐龙意外主宰大地，那时候地球很宁静，时光太悠然。而古生代以前，更是单纯得只有日出月隐，风吹雨落，海枯石烂，时间慢得千万年才打了个哈欠。自从有了人，才有了天下，添了岁月，分了彼此，世界开始变得不完整，日子开始变得很仓促。在变质岩中凝固的时间，在剑齿虎吼声中沉睡的时间，突然一跃而起，开始计量人生长短，测算地球存亡。世情芜杂，人事纷纭，地球再也回不到那个可以忽略时光的纪系了。

真正的从容

真正的从容大概是：目中无人，耳中无声，心中无物。目中无人不是桀骜狂狷、看不起人，而是目中所见众生平等，并无特别人物。耳中无声不是充耳不闻，而是所闻自然过滤，并不因其嘈杂喧闹而影响情绪思维，但只言行如常。心中无物不是不纳世情，而是不落痕迹，无所恋亦无所住。眼中、耳中、心中，无色、无声、无人无物无事，方不被拘牵束缚，所以悟道者云："若无闲事挂心头，便是人间好时节。"然而人活于世，所闻多杂音，所见多庸人，所挂多俗事，既如此，何不超然物外，闲心满怀，从容不迫，信步人海。

经典不可复制

文章的深远创意及精妙表达，恐怕只可展示而不可言传。那是一种“悠然心会、妙处难与君说”的奇绝境界，普通的写作者难以企及。今人所谓的创作技法传授，不过触及些皮毛而已，正如武术练习中的压腿冲拳，不值一哂。真正的经典一定是来自天才偶得，即使文章圣手，亦不能常得，何况三流师傅的再传弟子，登堂尚且不能，更毋庸说入室了。唐白居易《冷泉亭记》云：“东南山水，余杭郡为最。就郡言，灵隐寺为尤。由寺观，冷泉亭为甲。”如此表达，层层推进，方式独特，趣味盎然，不失为写景奇文，然以此法用于他处，必索然寡味。鲁迅的《秋夜》中写道：“在我的后园，可以看见墙外有两株树，一株是枣树，还有一株也是枣树。”对两株树的描述新奇突兀。这种写法独此一家，前无古人，但亦不可有来者，否则就俗滥不堪。所以经典谓之经典，实新颖不可学习，美妙不可复制。

冲天之快

相对于地上的兽、水里的鱼，天上的鸟其实是最危险的。展翅翱翔于蓝天，无遮无拦，完全暴露，“思援弓缴而射之”者，络绎不绝。因为疏于设防，拙于躲避，所以鸟之中枪、中箭者，不可胜数。兽可以避身于丛林岩穴，鱼可以隐迹于江河湖海，它们更多的危险，来自同类的弱肉强食。然而鸟虽危险，却不可不奋飞天空，那里才是它们的沙场，即使在空中陨落，也是它们理应的归宿。人类中亦有如鸟者，或鹰击长空，或操持枪箭。疾飞而损折者，总是好过那些仰望而徒叹者，毕竟曾经舒展过、辽阔过，那一飞冲天之快，远胜于匍匐在地之憾。这也是鸟之快哉!

勇敢的独行者

可以复制的道路，或许能助你获取财富，或许能助你位居要津，但绝不能助你创造经典。经典是时运际会，是天才偶得，本身就是独一无二的。即使是同一人，也难以再造，正如王羲之的绝品《兰亭集序》、王勃的杰作《滕王阁序》。所以要效仿他人发家成名，不妨学学别人的经验，学得神似了，也许就成功了。但要留下与众不同的精品，就须“行到水穷处”，做“寒灯独夜人”，闻百花而吐芬芳，历千劫方修正果。亦步亦趋于人后，只能是邯郸学步，拾人牙慧，永远出不了传世之作。敢于独行者，善于创造者，必然是孤独的，同时也是坚定的、充盈的。

各有各的世界

当你的世界漫天飞雪、严寒来袭之时，别人的世界也许正温暖如春、花草繁茂。当你的世界枪林弹雨、危机四伏之时，别人的世界也许正风和日丽、岁月静好。当你的世界空无一人、寂寥无声之时，别人的世界也许热闹非凡、灯火通明。我们虽生活在同一苍穹下，却穷达不一，境况万殊。虽行走在同一道路，却平洼各异，曲直百变。对面相逢一笑，你只是日常一寒暄，他或是内心正沸腾。回头惊鸿一瞥，他可能翻江倒海、泪如雨下，你或许漠然相向、心不在焉。在你，以为末日就要来临；于人，不过是风吹过云飞扬。不要动不动就说在别人的全世界路过，因为别人，也许不曾眨一眼，不曾扬一眉。

为生命松绑

我们还是要和这个世界达成和解。严寒酷暑，风霜雪雨，这是大自然应有之义，受之如常便好。炎凉势利，欺骗霸凌，这是人类社会的固有通病，心中了然就是。以最为恰当的方式介入，与一切存在相安无事，在美丑善恶之间求得平衡，原有存身的世界，不管它有多么虚假不堪、愚蠢可笑。我们更要与自己达成和解，打开身的枷锁、心的囚牢，不局促于一域，不束缚于一室。泥泞坎坷，艰难困苦，不过是生活赐予我们的别样礼物。在张弛之间位移，在喜忧之间转换，越来越轻盈，而不是越来越吃紧。跟自己谈判，为自己松绑，生命之花才能灿烂怒放。

智者与愚者

世界上有两种人活得比较幸福美好，一种是全知全能的智者，一种是一无所知的愚者。前者筚路蓝缕，劈波斩浪，周游世界，通达古今，一切都胸有成竹、心中了然，当然生活得游刃有余、毫无滞碍。后者身在山野，足不出户，粗茶淡饭，无所事事，一切都不在话下、心无挂碍，当然生活得若有若无、轻松自如。我们既不能打通关节如前者，又不愿闭目塞听如后者，一会儿试图与整个世界连接，一会儿黯然与整个世界绝缘，从无纯粹之心、坚决之意，当然生活得不是此处缺憾，便是彼处不满。要么全力，要么全弃，事态会更简单，意义却会更重大。

去忧归喜

归心往往似箭，而去意总是彷徨。独自一人，行远履险，恐怕无人不是心中惴惴，尤其是首次外出，仗剑去国，漂泊万里，更是难免心中寂然。或有无数个声音相劝:“马滑霜浓，不如休去。”然使命使然，便纵有万般艰难，亦不敢稍有停留。及其诸事既毕，悠然而返，看无处不景，万物皆宜，即使越陌度阡，飞驰河海，不亦快哉！去时之不悦，归时之欣然，皆心使之然也。故无论何时何处，且先正心，则一切迎刃而解。谨记:“世间行乐亦如此，古来万事东流水。”

适宜便是佳处

一方水土养一方人，在自己的家乡待着浑身舒泰、逍遥自在，去了他乡也许立马感觉不爽，诸多不适。英国宁静的美丽乡村，我们可能只体味到无边的寂寞；瑞典浪漫的童话小镇，我们可能只体味到彻骨的寒意；巴西热烈的桑巴风情，我们可能只体味到疯狂的躁动。宜于他者，未必悦己，王粲有“虽信美而非吾土兮，曾何足以少留”之叹，民间有“金窝银窝不如自己的狗窝”之谚，身心放松、吃住皆惯的地方，才是自己真正的家乡。同理，有些人在官场游刃有余，有些人在商域得心应手，有些人在学坛如鱼得水，换个地方立刻捉襟见肘、四处碰壁，恰如鲸鱼搁浅海滩、老虎悬于空中，生存恐怕都难，更不必谈成事。故适宜最为重要，否则再好也要毅然放弃。

安享源于有人奉献

那些舌绽莲花、诗意栖居、口吐玄机者，那些室列珠玑、户盈罗绮、互竞豪奢者，那些身纵情场、嗔秀恩爱、如梦如幻者，应该清楚地知道而不是隐约地听说：在你诗兴大作的时候，在你挥金如土的时候，在你意醉情迷的时候，正有人手握钢枪，在四海驱虎逐狼；有人目视屏幕，在斗室寻信觅闻；有人脚踏星云，保卫蓝天；有人身潜海底，守护静水。不是世界本平静，而是有人在排喧去闹；不是社会本安全，而是有人在除恶伐罪；不是自然本温顺，而是有人在降妖伏魔。你所有的放松，都有赖于他人的紧张；你所有的快意，都得益于他人的辛劳；你所有的幸福，都来自他人的奉献。牢记和致敬，才是应有的态度。

不同年龄的梦想

少年爱逐诗。少年人心思单纯，未惹风尘，一片冰心在玉壶，与诗的纯粹浪漫一拍即合，即使不写诗，也一定有诗的情怀、诗的言行。

壮年喜求财。人到中年，万事汇集，非钱财不能开道，无钱财不能鹰扬，腰缠十万贯是最为实际的理想，其他一切都是空谈。

老年好悟道。经过历过，原来如此，不过如此，欲说还休，无语泪流。在喧闹的世界，唯闻钟磬音，自缘身在红尘外，静是身之唯一所求，道是心之不二所系。

所以自少及壮至老，我们表面所求乃诗、财、道，实则无非梦想、现实、虚空。

心中的火

人人心中其实都有一团幽火，被世俗、规范、性格牢牢地封存于一隅。有些人终生未曾宣泄，常在独自一人时熊熊自燃，乃至坐卧不安，夜不能寐。有些人不管不顾，畅快淋漓地加以导引，放浪形骸也好，忘乎所以也好，只要不自灼自伤就好。

点燃心中幽火有两条途径：物质上借助于酒，精神上依赖于情。酒能激发浑身潜能，活跃僵化思想，让沉默变得爆发，让凝滞变得流畅，让平常变得非凡；情能冲垮道德堤坝，摧毁世俗围墙，让阴郁变得明亮，让腼腆变得豪放，让怯弱变得勇敢。以酒点燃心中的幽火，激烈而短暂；以情点燃心中的幽火，温暖而绵长。

战 胜 自 己

我知道，真正艰难的历程还没有完全展开，正如书本的序言、音乐的序章，只是一个可以预知走向的开篇。此时只有潇潇暮雨、微微冷风、隐隐轻雷，却已明显感知“溪云初起日沉阁，山雨欲来风满楼”。不久的将来，可能要穿过黑夜的长廊、飘雪的原野、咆哮的江河，也可能要经受无边的寂寞、不绝的思念、无名的恐惧。这些都不算什么，关键是会有另一个自己，在幽暗处若隐若现，呼唤、劝告、阻拦、诱惑或者威胁，永不停歇，伴你同行。必须在鼓足勇气奋斗于外的同时，下定决心防患于内。始终保持有克服外敌的能力，又具消除内患的妙招。漫漫长途，渺渺人生，其实一切风霜雪雨、魑魅魍魉，都将隐遁幻灭，最后留下自己与自己对决。

知友难交

大多数人都愿交伴结友，喝酒有酒友，旅行有驴友，为文有文友，唱歌有歌友，打拳有拳友，作战有战友，独做官无官友之称，经商无商友之谓，似乎昭示着官场难交友，商场难互信。所以交友时，最好不以官僚之气示人，否则，人们心中总有一层隔阂，拒你于千里之外。亦不能以生意之习相处，否则，人们一定紧紧捂着口袋，防你如防盗贼。以平常之态交友，必可得同类，也许彼此为子期、伯牙这类高雅之士，也许皆为屠狗卖浆者流。而那些超凡入圣者，定然毕生难觅知音。《三国志·吴书·虞翻传》注引《虞翻别传》云：“生无可与语，死以青蝇为吊客，使天下一人知己者，足以不恨。”虞翻在三国时期并不是什么了不得的人物，尚有如此哀叹，诸葛亮岂不更加落寞？当然，强大如诸葛亮者，未尝不能独游于天地之间。

无法回头的人生

逛街时我们多半喜欢从一侧前行，从另一侧返回，如此两边商业建筑、地方风情尽收眼底，略无遗漏。可惜步行在人生的道路上，只有去路而无归途，从童年到少年到青年到壮年到老年，一径而去，却无法从老年回到壮年回到青年回到少年再回到童年。在心理上，我们可以始终保持年轻；但在生理上，我们做不到返老还童。所以每处风景都不可回观，每种体验都不能重试，尽情、尽意、尽心，然后可以无憾。在人生漫途中当然有无数的歧路岔道，有些人不为所动，有些人勇于尝试，这都无关到达的终点，不能以正确、错误评价，也许失之东隅，抑或收之桑榆。但永远不能回头是肯定的，不似逛街，可以悠然而去，悠然而回。故云：且行且珍惜！

有时孤芳自赏

有时候，自以为是的孤芳自赏未必就是绝对的坏事，自己是自己世界的王，一可自得其乐，二可激情满怀。还未出发就发现一堆人远在前方，还未阅读就发现无数人学富五车，哪里还有出发的动力和阅读的兴趣？一早明确，再怎么攀爬也到达不了巅峰，再怎么思考也比及不了前人，说不定就此消沉颓废，衰败锈蚀。不知天外有天，先到达第一重天就非难事；不知人外有人，先比肩身边的强者就有信心。一步一步登顶，一个一个超越，回首一望，原来自己已经走出了许远，越过了多人。虽然不知前路还有多长、能人还有多少，此时努力已经成为习惯，收获纷至沓来，自己依然自视天下仅有、挺拔俊朗，只管放声歌唱，一路逍遥。或有一天，真的成就绝代风华，亦未可知。

变法需胆略

商鞅变法，晁错削藩，皆极大利于国家，然于自身损伤不可估量。商鞅死于一众贵族的陷害，其时明君秦孝公已死，失去最佳庇护，商鞅其实只有死路一条，他的死是事态发展的必然逻辑，毫无悬念。晁错一样死于触犯了王公贵族利益，他的削藩主张，但凡是个思维正常的人都能认识到其合理性，何况汉景帝是个卓有见识者，晁错的政治抱负自然得到最大程度的支持。然当叛乱四起，刀兵相加之时，晁错却成为汉景帝可怜的牺牲品。商鞅虽死，尚得秦孝公这个一生不变的知音。晁错之死，却缘于赏识者的无情出卖。可以想象晁错被杀时，心情灰暗到何等地步。变法固然利于大众，但创始者从来都没有好结局。王安石完全可以做个太平宰相，却因熙宁变法而是非缠身；谭嗣同本是个青年才俊，却因戊戌变法而血溅法场。故变法最可贵者并非卓识，而是胆略。

缺憾的人生才长久

金无足赤，人无完人。以不足赤之金购完美之财货，以不足完之人画完美之人生，不亦难乎？所以对任何事物都不可求全责备，否则就是自寻烦恼。上天是公平的，总会让人有些遗憾：颜值极高者，可能智力平平；聪明伶俐者，也许家境清寒；体能超强者，或者情商不高。一切皆优者，必然寿年不永。我们只要将优势尽量发挥到极致就好，无须着力追求尽善尽美。诗文好如李白者，有些个性自然难免；治国强如刘彻者，乾纲独断亦是必然；容貌美如玉环者，恃宠而骄尚能接受。那些才华横溢、英雄盖世的人，像霍去病、贾谊、王勃、李贺、夏完淳等，他们一出场就站在常人不可企及的巅峰，因为太过优秀，是以天不假年。人生往往就是如此，或缺憾而长久，或美妙而短暂。

不与草木同朽

张岱在《陶庵梦忆》序中感叹：“繁华靡丽，过眼皆空，五十年来，总成一梦。”忆起少时纨绔，反观今日萧索，一生恰如梦中，深恐自己溘先朝露，与草木同腐。张岱少有才名，一生勤奋，著述颇丰。他虽屡屡在文章中自嘲自贬，却遮掩不了超凡才华绽放的夺目光芒。特别是身经明清交汇，亡国之痛、黍离之悲、身世之叹，一并融入他的诗文，故沉着感伤，畅达隽永，于后世影响深远。张謇说：“天之生人也，与草木无异。若遗留一二有用事业，与草木同生，即不与草木同腐朽。”张岱遗留的文章显然可归为张謇所谓之有用事业，张岱其人亦将随其文一道不朽，而其生前所惧之与草木同腐，实乃无谓之忧。

无敌易亡

最能证明孟子名言“入则无法家拂士，出则无敌国外患者，国恒亡”正确性的生动案例，莫过于秦朝。在战国两百多年的历史中，群雄并峙，战争纷起。偏居西北的秦国不仅没有边缘化或者被吞并，而且越来越强大，不断地蚕食韩、魏、赵、楚四国领土，一次次地消灭六国的有生力量。这得益于秦惠文王、秦武王、秦昭襄王、秦王政等历代秦王的励精图治，他们本身的开阔大度，吸引了一大批文臣武将，名臣有商鞅、范雎、张仪、吕不韦、李斯等，名将有樗里疾、司马错、白起、王翦、蒙恬等。这些大都不是秦国本土人才，但却能为秦国所用。正是一代代明君贤臣的不懈努力，才成就了秦国的霸业。然而当天下已再无敌手，宇内已海晏河清时，秦王朝不仅没有变得更加强大，反而迅速倾颓，短短的八年时间，天下便易秦为汉。孟子说那段名言的时候，似乎看到了身后发生的这一幕，这就是圣人智慧之处。

如如不动

我们一次次走到最后，又一次次重启行程，人生以此相续。完成了一个心愿，结束了一场战争，了却了一份情缘，走完了一段时光，每当来到最后的时刻，不管结果如愿与否，我们都会百感交集，思绪万千。回忆，总结，反思，或跌足嗟叹，或悔之无及，或暗自庆幸，或欢呼雀跃。但无论未来如何，过去已不可逆转。在这个新与旧的交汇处、往与来的临界点、真与幻的分水岭，有人选择感慨后的依旧，有人选择痛思后的扬弃，有人选择破碎后的重构，这些都是生活的固然之态、应有之义，落入这一窠臼者比比皆是，不必求全责备地加以评议。真正的觉悟者，一定是过往不追，未来不期，始终如如不动。他们心中，已经没有肤浅与深刻，也没有结束与开始。

生于忧患

正如一个人的人生不可能一帆风顺，一个国家也不可能一直繁荣昌盛。对于个人而言，“天将降大任于是人也，必先苦其心志，劳其筋骨，饿其体肤，空乏其身，行拂乱其所为，所以动心忍性，曾益其所不能”；对于国家而言，“入则无法家拂士，出则无敌国外患者，国恒亡”。个人要成熟，国家要昌盛，都要经过各种磨难和考验。人，没有轻轻松松成功的；国，没有顺顺利利强大的。改革开放四十余年，我们的国力与日俱增，我们的生活蒸蒸日上，人民很努力，上天很眷顾。但承平日久，海晏河清，刀枪入库，马放南山，战争远离，灾殃不侵，我们对于危险已经迟钝，对于艰难已经遗忘。南海争端，贸易战争，病毒肆虐，正好可以断绝我们的臆想，绷紧我们的神经，练就我们的智慧。尽享数十年太平，你我是时候磨砺钝化的刀枪，发硎陈旧的思想，重铸磨灭的精神了。孟子说：“生于忧患，死于安乐。”如今忧患来了，生的希望将更加郁勃、久远。

疫后沉思

战争、灾害、疾病给人类带来的不仅是物质上的极大破坏，更容易造成心灵上的巨大影响。其过程持续越久，影响越大，甚至产生难以估量的创伤。所以重大事件之后，往往需要各种心理疏导和疗伤。这次疫情过后，人们的思想、心理一定也会产生重大变化。也许开始轻财——以前我们拜金求财，不舍昼夜，忽略了健康，忘却了亲情；经此一疫，可能厚此而薄彼，再也不以财为重了。也许开始任性——以前我们总是活得充满约束感，这也担心，那也害怕；经此一疫，可能再无顾忌，只按照自己的意愿去生活。也许开始纵情——以前我们总是默默地爱、悄悄地恨，生怕别人知晓了会难为情，僵了场；经此一疫，可能会放下负担，从此敢爱敢恨，了无禁忌。也许开始思考——以前我们活得浑浑噩噩，从不考虑生死，更不触及来世；经此一疫，可能会沉心细思，探寻人生意义，触及思想灵魂。当然，无论如何，我们都会将健康摆在第一位，因为“皮之不存，毛将焉附”。

图书在版编目（CIP）数据

别有根芽 / 王国猛著. 一南昌 ：二十一世纪出版社集团，2020.6
ISBN 978-7-5568-4885-0

Ⅰ.①别… Ⅱ.①王… Ⅲ.①小品文—作品集—中国—当代
Ⅳ.① I267.3

中国版本图书馆 CIP 数据核字（2020）第 064129 号

别 有 根 芽
BIE YOU GEN YA
王国猛 / 著

责任编辑　胡贵荣　洪亦静
装帧设计　雷　燕　沈含之
出版发行　二十一世纪出版社集团
（江西省南昌市子安路 75 号　330025）
www.21cccc.com　cc21@163.net
经　　销　全国新华书店
印　　刷　江西千叶彩印有限公司
版　　次　2020 年 7 月第 1 版
印　　次　2020 年 7 月第 1 次印刷
印　　数　1～5 000 册
开　　本　720 mm×1 000 mm　1/16
印　　张　11
字　　数　275 千字
定　　价　48.00 元

赣版权登字 -04-2020-329　